KB057195

나, 있는 그대로
참 좋다

나, 있는 그대로 참 좋다

2017년 09월 15일 초판 01쇄 발행
2024년 07월 01일 초판 81쇄 발행

글   조유미
그림 화가율

발행인 이규상   편집인 임현숙
편집장 김은영   콘텐츠사업팀 문지연 강정민 정윤정 원혜윤 이채영
디자인팀 최희민 두형주
채널 및 제작 관리 이순복   회계팀 김하나

펴낸곳 (주)백도씨
출판등록 제2012-000170호(2007년 6월 22일)
주소 03044 서울시 종로구 효자로7길 23, 3층(통의동 7-33)
전화 02 3443 0311(편집) 02 3012 0117(마케팅)   팩스 02 3012 3010
이메일 book@100doci.com(편집·원고 투고) valva@100doci.com(유통··사업 제휴)
포스트 post.naver.com/h_bird   블로그 blog.naver.com/h_bird
인스타그램 @100doci

ISBN 978-89-6833-150-3   03810
ⓒ조유미, 2017, Printed in Korea

• 파본이나 잘못된 책은 구입하신 곳에서 바꿔드립니다.
• 이 제작물은 아모레퍼시픽의 아리따글꼴을 사용하여 디자인되었습니다.
• 한국출판문화산업진흥원의 출판콘텐츠 창작자금을 지원받아 제작되었습니다.

나, 있는 그대로
참 좋다

글·조유미 그림·화가율

자신이 얼마나
아름다운지 모르는
나에게 필요한 마음 주문

허밍버드
Hummingbird

나 자신을 좋아하기란 참 어렵습니다. 아무 이유 없이 무언가를 좋아하기란 쉽지 않으니까요. 나를 사랑하기 위해 나의 장점이 무엇인지 되짚어 봐도 딱히 잘 떠오르지 않습니다. 오히려 단점이 더 많은 것 같아 나를 사랑하는 일이 생각보다 어렵다는 걸 느끼기도 하지요. 당신도 이런 나와 비슷하다면, 이렇게 말해 주고 싶습니다.

이유를 찾지 마세요.
이유가 없어도 괜찮습니다.
있는 그대로의 모습이 가장 아름답습니다.

저도 한때는 이 말이 참 어려웠습니다. 마음에 안 드는 것투성인데 내가 나라서 좋다는 말이 피부로 와 닿지 않았으니까요. 하지만 이 책을 통해 조심스럽지만 솔직하게 내 이야기를 써 내려가면서 조금씩 알게 되었습니다. 이 세상에 나라는 존재는 나 하나뿐이라는 것을. 그 사실 하나만으로도 나는 특별하다는 것을.

이 글들은 살아오면서 내가 얼마나 아름다운 사람인지 자꾸 잊어버릴 것만 같을 때, 마음속으로 외치던 마음의 주문입니다. 나만 빼고 모두가 행복해 보이는 날, 사랑이 어렵고 힘들기만 한 날, 타인의 시선에 하염없이 주눅 들고 흔들리는 날, 문득 주저앉고 싶은 날이면 나직이 힘을 주어 마음의 주문을 외워 보세요.

나, 있는 그대로 참 좋다.

_____ 2017년 가을의 문턱
조유미

오직, 내 마음이 시키는 대로 _____

타인의 시선에 흔들리는 날에는

나는 매일 잘되고 있다 _____

문득 주저앉고 싶어지는 순간

자신이 얼마나 아름다운지 모르는 나에게

나, 있는 그대로
참 좋다 _____

좋아하기로 했다,
나는 나니까

좋아 보이는 것은 드러내고
좋아 보이지 않는 것은 감추었다.

있는 그대로의 내가 아니라
한껏 계산된 나를 마주하는 기분은 씁쓸했다.

인간관계가 그리 넓지 않은 내 모습이 시시해 감추고 싶었던 적이
있었다. 외출하는 걸 좋아하지 않는 성격 탓에 따로 시간을 내어 사
람들과 어울리지 않았기 때문이었을까. SNS에서는 감추고 싶은 내
인간관계의 폭이 특히 더 선명하게 드러났다. 일상적인 글을 올렸
을 때 댓글만 수십여 개가 달리는 지인들과 달리 고작 다섯 손가락
안에 드는 소박한 댓글 수가 신경 쓰였다. 내 좁은 인간관계가 본의
아니게 드러나는 게 싫었다. SNS에만 접속하면 파티 룸을 빌려 친

구들과 생일파티를 즐기는 사진부터 단짝 친구들과 해외여행에서 행복한 시간을 보내는 사진, 여러 활동에서 만난 다양한 사람들과 자기계발 모임을 하는 사진 등 완벽하게 행복해 보이는 사진들이 쏟아졌다. 반면 나는 마음껏 부러워하지도, 응원하지도 못하는 애매한 마음으로 그 사진들을 구경만 하는 처지였다.

다들 즐겁게 사는데 나 혼자만 잘못 살고 있는 기분이 자꾸만 들었다. 억지로라도 몸을 끌고 밖으로 나가야겠다는 결심이 서기까지는 그리 오랜 시간이 걸리지 않았다. 곧바로 독서 모임에 가입하고, 스마트폰 애플리케이션 개발 프로젝트에 참여하면서 만나는 사람의 수가 늘었다. 집에만 있던 때와는 달리 하루를 채우는 사건들이 비교할 수 없이 늘어났다. 새롭게 만난 사람들과 연락처를 주고받고, SNS 친구 등록을 하고, 주말에는 신촌이나 강남에 나가 분위기 좋은 곳에서 맥주를 마시기도 했다. 한때 구경만 하던 사진 속 주인공이 어느새 내가 되어 있었다. 딱히 용건이 없어도 연락을 주기적으로 주고받는 관계도 늘고, SNS에 사진을 올리면 '좋아요'와 댓글이 무수히 달렸다.

첫 한 달은 만족스러웠다. 내가 살던 삶의 방식과 달라서 마치 새로운 삶을 사는 기분이었다. 어떤 이는 내가 부럽다고 했다. 과거의 내가 누군가에게 가졌던 그 마음이었다. 하지만 시간이 지날수록 마음이 편치 않았다. 힘들고 쉬고 싶은데, 그동안 쌓아 놓은 관계 때문에 계속해서 약속은 늘어만 갔다. 외출이 잦아질수록 마음이 소진된다는 기분이 짙어졌다. 질소만 가득 든 과자 봉지처럼 속이 꽉 채워져 있는 것처럼 보이지만, 사실은 텅텅 비어 있는 상태.

그토록 부러워하던 삶인데, 왜 즐겁지 않을까.

부럽다고 생각했던 삶을 좇았는데, 왜 내 마음은 행복하지 않을까. 이유는 간단했다. 진짜 내 모습이 아니었기 때문이다. 있는 그대로의 모습이 아니라 누군가를 부러워하는 마음 때문에 억지로 꾸며 낸 모습. 전혀 자연스럽지 않았다. 아니, 자연스러울 리가 없었다. 완벽한 화장으로 맨얼굴을 가리고 또각또각 구두 소리를 내며 걸어가는 내 모습은 한없이 불편했다. 타고난 내 성격을 무시한 채 부러운 모습만 닮아 가려 했으니 목에 가시가 걸린 느낌처럼 불편하고 부자연스러웠다. 아무리 흉내 내고 싶은 삶이라도 아닌 건 아닌 것이었다.

。
있는 그대로의 모습을 좋아하기로 했다.

화장기 없는 내 얼굴도
열 손가락으로 셀 수 있는 인간관계도
창피해하지 않고 받아들이기로 했다.

나는 그저 나일 뿐이다.
좋고 나쁨의 잣대로 나를 평가하지 않을 것이다.
그 어느 것 하나 버릴 수 없는 소중한 내 모습이니까.

보여 주기 식으로 움직이지 않을 것이다.
억지로 꾸며 낸 인생을 살지 않을 것이다.

있는 그대로가 좋다.
있는 그대로를 받아들이는 게 좋다.
있는 그대로를 받아들이고 발전하는 내가 좋다.

내가 빛날 수 있는 자리

모두가 적처럼 느껴질 때가 있다.
온 힘을 다해서 잘 해내도
나보다 '더 잘한' 사람이 있으면
나는 평범한 사람이 되기 때문이다.

모든 게 계단이었다. 하늘까지 오르려면 수많은 계단을 올라야 했고, 그 계단을 누가 더 높이 올라가는지 시합을 해야 했다. 하늘은 너무나도 달콤해 보였으니까. 별도 있고, 달도 있고, 구름도, 태양도 있는 하늘. 모든 걸 가진 완벽한 이상향 같았다.

좋아 보였다. 나를 제외한 다른 사람들도 모두 하늘에 닿기를 탐내니 더 매력적으로 느껴졌다. 내가 끌리는 것에 다른 사람도 끌리니 대단한 것처럼 보였다. 그래서 나는 하늘에 닿고 싶었다.

누구보다 높이 올라가려고 욕심을 내다가 알게 된 건, 이 세상의 적은 남이 아니라 나 자신이라는 사실이었다. 빨리 일어나야 하는 나와 더 자고 싶은 나, 그만 먹어야 하는 나와 더 먹고 싶은 나, 공부해야 하는 나와 쉬고 싶은 나, 화를 내고 싶은 나와 참아야 하는 나, 그만두고 싶은 나와 버텨야 하는 나…….

내가 싸워야 하는 상대는 남이 아니라 매 순간의 나였다.

이 승부에서 승리와 패배는 없었다. 내가 조금 더 나은 사람이 되느냐 조금 더 못난 사람이 되느냐의 결정뿐이었다. 그래서 나는 때로는 더 나은 사람이 되기도 했고 때로는 부족한 사람이 되기도 했다. 언제는 잘 해내다가 또 언제는 형편없어서, 누군가는 나를 꽤 괜찮은 사람으로 기억할 테고 누군가는 못난 사람으로 기억할 것이다. 매 순간의 내가 나와 싸우고 있음을 보여 주는 증거이기도 했다.

한 가지 확실한 건, 남과 싸우는 것보다 나와 싸우는 게 더 힘들다는 것이다. 나는 나를 이길 수도 없고, 그렇다고 질 수도 없기 때문이다. 눈앞의 편한 길을 선택하면 나중에 힘들어지고, 지금 당장 힘든 길을 선택하면 지금 이 순간이 힘들다. 이걸 선택해도 힘들고 저걸 선택해도 힘들다. 이보다 더 고약한 눈치 싸움은 없을 것이다. 그래서 인생은 늘 괴로움의 연속이었다.

　매 순간 나와 싸우다 보니 한 가지 깨달은 점이 있다. 그토록 염원하던 하늘은 내 머리 위에 있는 것이 아니라 내 안에 있다는 것. 내가 하늘 속에 있다고 생각하면 하늘 속에 있는 것이고, 내가 땅 속에 있다고 생각하면 땅 속에 있는 것이었다.

　내가 있는 곳은 누가 정해 주는 것이 아니라 스스로 정하는 것. 결국 중요한 건 내 마음이었다. 나는 그것도 모르고 지금껏 머리를 치켜들고 있었다. 고개를 숙이고 마음을 보아야 했는데 엉뚱한 곳에 눈길을 주고 있었다.

● 나 있는 그대로 참 좋다

°
내가 들여다봐야 하는 건 내 안에 있는 마음이다.
내 마음이 진짜 원하는 것이 무엇이고
어디로 향하고 있는지를 아는 게 중요하다.
그걸 알아야,

내가 빛날 수 있는 자리를 찾을 테고
그곳이 곧 하늘이 될 테니까.

잘 이겨 낼 거라
믿어요

당신은 지금도 충분히 좋은 사람이에요.
다른 사람과 비교하며 자신을 깎아내리지 마세요.

그 사람은 그 사람이고,
당신은 당신인걸요.

정작 왜 당신만 몰라요.
당신은 충분히 잘하고 있는데.

내가 알아줄게요.
내가 지켜봐 줄게요.
당신은 혼자가 아니에요.

조금 실수해도 괜찮아요.
조금 못해도 괜찮아요.
항상 완벽할 수는 없잖아요.

어떤 위로의 말로도 당신의 마음이
괜찮아지지 않는다는 걸 알아요.
하지만 한숨 쉬는 당신의 모습을 보니
무슨 말이든 해 주고 싶었어요.

금방이라도 울 것 같은
표정을 하고 있었으니까요.

당신의 뒷모습이
너무 아파 보였으니까요.

당신만큼 좋은 사람도 없다는 걸
잊지 않았으면 좋겠어요.

나는 매일
잘되고 있다

나는 매일 잘되고 있다.
아프고, 무너지고, 흔들리는 모습조차
잘되어 가는 인생의 선 위에 놓여 있는 것이다.

누구에게나 불안한 시기가 있다. 이 반갑지 않은 시기는 오늘 왔다
가 내일 갈 수도 있고, 한동안 소식이 없다가 갑자기 찾아오기도 한
다. 게다가 나이가 많고 적음을 가리지 않는다. 10대에는 10대의 불
안이, 20대에는 20대의 불안이, 30대에는 30대의 불안이 있다. 심
지어 팔순을 맞은 할머니에게도 찾아온다. '불안'이라는 감정은 우
리가 살아 있는 동안 언제든 계속해서 찾아오는 '친구 같은 존재'다.
  불안의 시기가 찾아오면, 나는 모순적인 사람이 된다. 쫓기듯이

사는 인생을 그만두고 싶다가도 힘들다고 여기서 그만두면 나중에
후회할까 봐 망설인다. 최선을 다하지 않아도 괜찮지 않을까 싶다
가도 열심히 하지 않으면 남들보다 뒤쳐질까 봐 두려워한다. 결국
밤새 했던 고민들이 해결되지 않은 채 원점으로 돌아온다.

   짧든 길든 얕든 깊든 불안한 시기를 겪고 나면 한층 더 성숙한 사
람으로 성장해 있다. 불안 속에 매몰되어 있을 땐 나의 존재가 바닥
에 굴러다니는 머리카락 한 올보다 더 못한 존재로 느껴지지만, 폭
풍 같은 시간이 지나고 그 순간을 되짚어 보면 내가 했던 고민들이
모두 나를 위한 과정이었다는 사실이 뚜렷해진다. 더 나은 시선으
로 더 나은 선택을 하며 더 나은 사람이 된다.

   '잘되다'라는 표현에는 성공하다, 이루다, 얻다 등의 가치만을 담
고 있는 게 아니다. 내가 실패하더라도 실패에 의연해질 수 있는 마
음을 배우면, '잘된' 것이다. 원하는 바를 이루지 못했어도 그 안에
서 얻은 무언가가 있다면 '잘된' 것이다. 이처럼 '잘된다'는 건 목표
하던 것을 달성했는지의 유무로 결정되는 게 아니라, 마음과 생각
이 자랐는지의 유무로 결정되는 것이다.

。
내가 지금 잘하고 있는 건지 회의감이 들 때가 있다.
나도 나를 못 믿겠고, 그 어디에도 의지할 수 없어서
마음 곳곳에 미움이 가득 차는 순간들.

하지만 다른 사람은 몰라도,
나만큼은 나를 미워해서는 안 된다.

힘을 내서 버텨야 하는 사람은
다른 누구도 아닌, 바로 '나'니까.
나를 깎아 내더라도 하나의 조각이 되어야지
바닥에 떨어진 조각 부스러기가 되어서는 안 된다.
사소한 일상이 모여 나를 성장시키는 것이다.
좋은 하루든 나쁜 하루든 겪어 낸다는 것에 의미를 두자.

그런 의미에서
나는 매일 잘되고 있다.

나를 미워하지 않는
연습

나를 탓하지 말 것.
나를 못났다 생각하지 말 것.
내 모습을 있는 그대로 받아들일 것.

살다 보면 인생에 한 번씩 깊은 굴곡이 생긴다. 그 굴곡이 때로는 위로 굽이져서 최대의 행복을 주고, 때로는 아래로 굽이져서 최대의 불행을 주기도 한다. 굴곡이 아래로 굽이질 때에는 생각이 참 많아진다. 그때는 '마음이 아프다, 가슴이 아리다, 속상하다, 답답하다, 억울하다…….' 이런 말로는 내 마음이 온전히 표현되지 않는다. 어떤 사람은 이런 상황을 '상처'라고 표현하기도 한다. 인생의 상처. 그 상처는 평생을 가기도 하고, 자신을 더 성숙하게 만들어 주기도 하며, 시간이 지나면 그냥 잊히기도 한다.

하지만 대부분 '상처'라고 불리는 감정은 쉽게 지워지지 않는다. 꽤 묵직하다. 아픔의 크기가 다를 뿐, 아프지 않은 건 아니다. 그래서 되도록 상처받지 않으려고 노력하지만 그건 불가능하다. 외부 상황을 마음대로 제어할 수 없기 때문이다. 그럴 때면 내면에 집중해야 한다. 내가 어찌 할 수 없는 상황에 연연할 게 아니라, 내가 어찌 할 수 있는 마음을 다져야 한다. 부정적인 상황에 놓여 있을 때 상처를 받더라도 그게 나의 가치관에 영향을 미치지 않도록 나의 세계 안에 나를 우뚝 세워야 한다. 속상하고, 억울하고, 화나고, 미쳐 버릴 것 같아도 앞으로 나아가려는 내 걸음을 막아서지 못하게 해야 한다.

긍정적인 사람이 되라는 게 아니다. 그것은 그것대로, 이것은 이것대로 나누어 바라볼 줄 아는 사람이 되어야 한다는 의미이다. 나는 상황이 어그러져 버리면 마음속에 미움이 짙어지는 편이지만 그렇다고 누군가를 탓하지는 않는다. 다만 잘 살고 있던 내 마음을 아프게 하는 상황을 미워하는 것이다.

하지만 내 삶까지 미워하지는 않는다. 내 인생에 굴곡이 몇 번 있었지만 내 모습을 잃지 않을 수 있었던 건 나를 미워하지 않는 자세 때문이었다. 내가 나를 사랑해야 한다는 말이 어렵게 느껴진다면, 내가 나를 어떻게 사랑해야 하는지 모르겠다면, 내가 나를 미워하지 않는 연습부터 하자.

。
나를 탓하지 말고,
나를 못났다 생각하지 말고
그냥 있는 그대로 받아들이는 연습,

그것부터 시작해 보자.

충분히 반짝이는
사람이니까

어둠 속에서는 작은 빛이 환히 보이지만,
밝은 곳에서는 주변의 환함에 묻힐 때가 있다.

나는 이미 밝게 빛나는데도,
빛을 품고 있지 않은 것처럼 초라하게 느껴질 때가 있다.

누군가와 자꾸 비교하며 살다 보면 의도하지 않게 자존감이 낮아
질 때가 있다. 내가 무엇을 하든 주변의 대상과 비교당할 때가 많아
무언가를 시작하는 것이 두렵기도 하다. 점수를 매겨 달라고 부탁
한 적이 없는데도 누구는 이랬고, 누구는 저랬다는 말부터 나오니
시작하기가 꺼려진다. 그래서 내가 잘하는 것이나 좋아하는 것을
찾기보다 비교당하지 않을 수 있는 것부터 본능적으로 찾는다. 내
가 주도적으로 선택해서 나아가는 삶이 아니라 버리고 남은 카드

를 선택하는 삶을 살게 된다.

　나는 빛나지 않는 사람이라고 생각했다. 나보다 안정된 삶을 사는 가족들, 나보다 활기차게 사는 친구들, 나보다 좋은 곳으로 이직한 직장 동료들까지. 아무것도 이루지 못하고 집에서 컴퓨터만 하고 있는 내가 한심하게 느껴졌다. 참 우스운 생각이지만, 나는 잘될 줄 알았다. 하지만 나이를 먹을수록 남들보다 뒤처지고 있다는 게 느껴지니 불안해졌다. 이러다가 먼지보다 못한 존재가 될까 봐 두려웠다.

　이토록 불안한 마음을 버릴 수 있었던 건 아주 작은 생각의 전환 덕분이었다. 불을 끄고 침대에 누워 휴대폰을 켰는데 눈이 시릴 정도로 액정에서 환한 빛이 뿜어져 나왔다. 화면 밝기를 최대한 낮췄지만 그럼에도 내 눈을 피로하게 만들었다. 참 이상했다. 낮에는 화면 밝기를 최대로 밝게 하고 사용해도 눈이 아프지 않았다. 햇볕이 내리쬐던 곳에서는 휴대폰 화면이 잘 보이지 않던 순간도 있었다. 똑같은 휴대폰에, 똑같은 밝기인데도 주변 상황에 따라 받아들이는 입장이 달라지는 것이었다.

。
내가 빛을 품고 있지 않은 게 아니었다.
내 주위에 빛나는 사람이 많은 것이었다.
좋은 사람 곁에 좋은 사람이 있는 것처럼
빛나는 사람 곁에 빛나는 사람이 있는 것이었다.

주변을 돌아볼 여력이 없어서
내 주변이 얼마나 밝은지 몰랐다.

당신도 나처럼 그렇다.

빛 안에 있기 때문에 당신만 모르는 것일 뿐,
당신은 훨씬 더 좋은 사람이다.
그러니 자신을 깎아내리지 않아도 된다.
행복을 당당하게 누려도 된다.

이 세상에 존재하는 것만으로도
충분히 빛나는 사람이니까.

● 나 있는 그대로 참 좋다

걱정 속에 피어난
꽃 한 송이

나는 걱정이 참 많은 성격이다.
일어나지 않은 일을 왜 이토록 걱정하는지.
그냥 적당히 하면 되는데
걱정을 너무 깊게 해서 밤잠을 설친다.

걱정이 많은 사람들은 안다. 걱정이 많은 게 얼마나 피곤한 일인지. 나는 이것을 어떻게 극복해야 하는지 방법을 찾기 시작했다. 그러다 찾은 좋은 방법은 노트와 펜을 드는 것이었다. 지금 머릿속에 드는 걱정들을 펜으로 하나하나 다 적는 것이다. 때로는 일기처럼 적기도 하고, 그림을 그리기도 했다. 걱정이 끝날 때까지 걱정 노트를 썼다. 어느 날은 다섯 장을 빼곡히 채우기도 하고, 어느 날은 한 폭의 그림으로 완성하기도 했다.

걱정을 일일이 쓰다 보니 팔이 아파서라도 걱정을 그만두어야겠다는 생각이 들었다. 걱정이 귀찮아지기 시작한 것이다. 그저 누워서 생각만 할 때는 힘든 일이 아니었는데, 걱정이 생길 때마다 몸을 움직여 무언가를 해야 하니 걱정도 꽤 힘든 일이 되었다. 걱정하는 일이 힘들어지자 꼬리에 꼬리를 물던 걱정이 서서히 잦아들었다.

걱정 노트는 시간이 지난 후 나를 돌아보는 계기가 되기도 한다. '이때 내가 이런 고민을 했었구나', '이 문제는 잘 헤쳐 나갔구나', '이 문제는 아직도 여전히 그 자리에 있구나', '다음에는 이렇게 해야겠구나.' 똑같은 문제에 다시 마주하게 되었을 때 조금 더 유연하게 대처할 수 있는 밑거름이 되기도 하고, 성숙한 태도를 잃지 않게 도와주기도 한다. 그게 바로 걱정 속에 피어난 꽃 한 송이다. '걱정꽃'을 피우기 위해서 수많은 눈물로 마음을 적셨던 것이다.

살다 보면 걱정을 할 수밖에 없는 상황들이 온다. 그렇다고 머리를 싸맬 필요는 없다. 걱정한다고 해결될 일도 아니다. 걱정은 걱정일 뿐, 해결해야 하는 건 내 몸과 마음이다. 인생은 걱정한다고 나아지는 것도 아니다. 그러니 그저 그 상황에 충실한 것이 최선이다. 앞

으로 일어날 일과 일어나지 않을 일은 아무도 모른다. 수없이 걱정
해도 막상 그 상황에 직면하면 처음부터 시작하게 될 테니까.

。
그래, 따지고 보면 다 처음이다.

올해를 겪는 것도
오늘 하루를 겪는 것도
지금 이 순간을 겪는 것도
다 처음이다.

처음이 두렵고, 무섭고, 막막한 건
어찌 보면 당연한 일.
그러니 걱정하지 않아도 된다.

당신은, 당연한 삶을 살고 있으니까.

타인의 시선에
흔들리지 않으려면

사람들의 평가에 얽매여 살 필요는 없다.
누가 평가하느냐에 따라 그 평가가 달라진다.
딱 정해진 건 없으니 기죽지 않아도 된다.

나를 표현할 수 있는 형용사로는 '예리하다'가 있다. 어떤 사람은 그것을 두고 '예민하다'라고 말하기도 하고, 어떤 사람은 '섬세하다'라고 표현하기도 한다.

동료들과 함께 편집 일을 할 때였다. 사소한 것까지 놓치지 않고 아이디어 제안을 하는 나에게 누군가가 참 섬세하다며 칭찬한 적이 있다. 그 섬세함이 훗날 삶을 사는 데 도움이 될 거라는 말과 함께. 하지만 또 다른 누군가는 같은 상황에서 "너무 예민하다"고 말했다. 그런 사소한 것까지 일일이 다 확인하면 쉽게 지치고 피곤해져 오래 일하지 못한다는 충고와 함께.

한때 내 성격이 싫었던 적이 있었다. 내가 가진 '날카로운' 부분을 주위 사람들은 '예민하다'고 규정했다. 성격이 너무 예민하니 조금 무뎌질 필요가 있다는 말을 어릴 때부터 들어왔다. '예민하다'는 표현은 보통 부정적으로 사용되는 걸 알기에 나는 그런 내 모습을 고쳐야 한다고 생각했다.

"왜 이렇게 예민하게 구니. 그냥 좀 넘어가자."

일부러 예민하게 굴고 싶어서 그런 게 아니었다. 그냥 그게 신경 쓰였을 뿐인데, 마치 내가 나쁜 아이라도 된 것처럼 몰아붙였다. 그래서 나는 예민해 보이지 않기 위해 성격을 고쳐 보려 애썼다. 10년이 넘는 시간 동안 아무리 애써도 '예민하다'고 규정되는 그 성격을 바꾸지는 못했다. 소기의 성과가 있다면, 타인 앞에서 예민하게 비치지 않는 기술을 터득한 것이다.

주변 사람들이 나를 두고 '예민한 사람'이 아닌, '섬세한 사람'이라고 말하기 시작한 건 어른이 되고 나서였다. 글을 쓰거나 그림을 그리거나 음악을 가까이 하며 지내는 시간들이 많았다. 어느 순간, 내 마음에 다가오는 감정들이 있다면 그것을 모두 섬세하게 표현하려 애썼다. 그 섬세함이 나의 장점이, 매력이, 경쟁력이 되었다. 예전에는 모든 상황을 날카롭게 받아들이는 내 성격을 반드시 고쳐야 한다고 생각했다. 하지만 지금은 상황을 날카롭게 직시하고 섬세하게 감지하는 내 예민함이야말로 많은 이들이 공감할 만한 글을 쓸 수 있게 해 주는 원동력이라고 믿는다.

。
똑같은 모습을 보고도
어떤 이는 장점이라 말하고
어떤 이는 단점이라 말한다.
애초에 정해진 건 없다.

아직 인생의 반도 살지 않았는데
아니, 어쩌면 반의반도 살지 않았는데
지금의 내 모습이 고물일지 보물일지 누가 판단할 수 있을까.

사람들의 평가에 기죽지 않기로 했다.
누군가는 나에게 손가락질을 하겠지만

또 다른 누군가는 손바닥으로
머리를 쓰다듬어 줄 테니까.

● 나, 있는 그대로 참 좋다

등 뒤의
날개

실패가 두려울 때마다 생각한다.
나는 하늘에 닿을 만큼 성공한 적이 없다.
그러니 가늠할 수 없는 밑바닥으로 떨어지지도 않을 것이다.

실패를 한다 해도
땅 위를 걷다가 돌부리에 걸리고
흙탕물에 빠지는 정도일 뿐.

돌부리에 걸려 넘어지면 다시 일어서면 되고,
흙탕물에 빠지면 깨끗한 물로 씻어 내면 그만이다.

딱 그 정도의 실패이다.
　　　　　　그러니 도전 앞에 두려움을 느끼지 말자.

만에 하나 그 실패가
돌부리에 걸리고 흙탕물에 빠지는 정도가 아니라
다리가 부러지고 팔이 부러질 정도라면,
나는 지금 시험받는 중이라고 생각하자.

더 넓은 세상을 품을 자격이 있는지,
더 큰 영예를 누릴 자격이 있는지
세상이 나를 시험하고 있다 생각하자.
나에게 큰 행복을 주기 위해 힘든 시련을 주는 것이다.
그 행복을 맛보기 전까지는 절대 돌아서지 않을 것이다.
오기로라도 버텨 보자.

혹시 알아?
등 뒤에 날개를 달아 줄지.

● 나, 있는 그대로 참 좋다

풍경을 즐기며
걸어가는 삶

경주마들은 눈가리개를 착용하고 경주에 뛴다.
그저 앞만 보고 달리라고.
하지만 우리는 앞만 보고 달리는 경주마가 될 수 없다.
그러기에 인생이 너무 아름답기 때문이다.

조마조마할 때가 있다. 내가 원하는 걸 얻기 전까지 마음이 수없이 흔들리고 불안하다가 바닥으로 무너진다. 하지만 그건 어쩔 수 없다. 배가 고프면 음식이 먹고 싶고 피곤하면 자고 싶은 것처럼, 원하는 걸 얻지 못하면 마음이 불편할 수밖에 없다. 원하는 걸 얻지 못했는데 기뻐할 사람이 있을까. 불편한 감정은 아주 자연스러운 일. 그러니 거기에 동요해서는 안 된다. 동요하는 순간, 목표는 흐려지고 방향은 틀어진다. 인생은 누가 뒤에서 쫓아오는 것이 아니다. 누가 나를 추월하지도 않는다. 인생이라는 외길에서 혼자 걷는다. 누가 나를 따라오는 듯한 기분이 드는 건 허상일 뿐이다. 가위에 눌렸을 때 귀신을 보는 것과 같은 이치랄까. 사실 내 앞에 귀신은 없는데 몸이 내 마음대로 움직이지 않으니 겁을 먹고 귀신이라는 허상을 만드는 것과 같은 맥락이다. 내 마음이 온전하지 않으니 자꾸 누가 쫓아오는 것 같고, 누군가와 경쟁하고 있는 기분이 드는 것이다.

모든 순간은 나와의 싸움이다. 이 문제를 불안해하거나 초조해하지 않고 잘 견뎌 낼 수 있는지, 지금 이 상황이 두렵고 무섭지만 포기하지 않고 잘 이겨 낼 수 있는지, 설령 내 앞에 닥친 일을 생각했던 것처럼 해결해 내지 못할지라도 그걸 인정하고 받아들일 수 있는지, 하나부터 열까지 모두 내 안의 나와 줄다리기를 하는 영역이다. 오로지 내 몫이다.

인생은 계속 걸어야 한다. 이 길의 끝에 닿을 때까지 걸어야 한다. 그러니 어차피 걸어가야 한다면 길가의 풍경을 마음껏 즐겼으면 좋겠다. 앞만 보고 달린다고 해서 목표에 빨리 닿는 것도 아니다. 무작정 달리기만 하면 결승점에 도착하기도 전에 힘을 다 써 버리고 말 것이다. 또 그렇게 안간힘으로 달려도 막상 내가 원하는 결과를 얻지 못할 수도 있다. 전부를 걸면 전부를 잃을 수도 있다.

잠깐 쉬었다 가도 괜찮다.

잠깐 쉰다고 해서 세상이 도망가거나 나의 가치가 떨어지거나 나의 능력이 사라지는 것도 아니다. 풍경을 즐기는 일은 어려운 일도, 거창한 일도 아니다. 살짝 고개만 들어도 푸른 하늘과 그 하늘에 그림을 그리고 있는 구름을 볼 수 있다. 천천히 걷다 보면 내가 가고 싶은 길을 찬찬히 살펴볼 수 있고, 잠깐 앉아서 쉬면 내가 가고 싶은 방향을 고민할 수 있는 시간이 생긴다.

단거리 선수와 마라톤 선수는 달려야 하는 달리기 트랙이 다르다. 그러니 누가 먼저 도착하고, 누가 더 빠른 기록을 내는지는 의미가 없다. 달려야 하는 거리가 다르니 애초에 비교 대상이 아니기 때문이다. 조급해하지 않아도 괜찮다. 남들보다 결승점이 조금 더 먼 것일 뿐 결승점이 없는 것은 아니니까. 결국 나는 내가 목표하는 결승점에 도착하게 될 테니까.

。

어렸을 때 운동회를 할 때면
어른들은 늘 나에게 말씀하셨다.
꼭 1등 하지 않아도 되니까 끝까지 달리라고.
달리기는 누가 1등 하느냐를 겨루는 게 아니라
시작점에서 결승점까지 포기하지 않고
달려갈 수 있는지 확인하는 거라고.

그러니 삶이 좀 느려도 괜찮다.
끝까지 가는 게 더 중요하니까.

● 나, 있는 그대로 참 좋다

괜찮다, 괜찮다, 괜찮다

나는 '괜찮다 병'을 앓고 있었다.
무엇이든 괜찮다고 생각하려는 병.

몸이 아플 때도 '괜찮다'
어떤 사람이 내 험담을 한다는 소식을 들었을 때도 '괜찮다'

남자친구와 헤어졌을 때도 '괜찮다'
한순간에 직장을 잃었을 때도 '괜찮다'

나는 언제나 '괜찮다'고 말해 왔다.

진짜 내 마음이 괜찮은 것과는 무관한 '괜찮다'였다.
무던히 넘기고 싶은 욕구가 불러온 '괜찮다'였다.

조금 더 솔직히 말하자면,
괜찮지 않아도 될 명분이 없었기 때문이었다.

징징거린다고 해서 병이 낫는 것도 아니잖아?
그 사람이 내 험담을 한다고 해서
찾아가서 따지기라도 할 건가?
어차피 그 사람하고 다시 사귈 것도 아니잖아?
회사 대표를 찾아가서 따지기라도 할 건가?
그 어떤 물음에도 자신 있게 대답할 수 없었다.

벗어날 수 없는 상황 속에서
나는 너무나도 작은 존재이기에.

그래서 애써 괜찮다고 생각했다.
결과적으로 내가 할 수 있는 게 없는데
부정적인 마음을 가져 봤자
나만 손해라는 생각 때문이었다.

그래서 안 괜찮아도 안 괜찮을 수 없었다.
괜찮다고 되뇌는 게 습관이 되어 버렸다.

허상에 마음을
두었다

요즘 누군가가 꼬옥 안아 주는 꿈을 꾼다.
얼굴은 보이지 않는 까만 그림자가 천천히 걸어와
홀로 있는 나를 큰 품으로 안아 준다.

마음이 괴로울 때가 있다. 그럴 때면 나는 다른 누군가에게 의지하기보다 혼자 극복하려고 노력하는 편이었다. 연인이나 친구, 혹은 술에 의지하지 않고 오로지 나 스스로 굳게 서려고 애썼다. 아무리 가까운 사이라고 해도 매일 앓는 소리만 한다면 그들도 나를 힘겨워할 테니까. 그래서 밝은 모습만 보여 주고 즐거운 얘기만 나누려 애썼다. 누군가 나에게 "힘든 일은 없니?"라고 물을 때면, 나는 늘 이렇게 대답했다.

"네, 저는 괜찮습니다."

'괜찮다'는 말은 아주 좋은 포장지였다. 아무리 어려운 상황에 놓여 있어도 내가 괜찮다고 말하면 사람들은 더 이상 묻지 않았다. 무엇이 괜찮은지, 어떻게 괜찮은지, 왜 괜찮은지 궁금해하지 않았다. 괜찮으면 괜찮은가 보다 하며 넘어갔다. 어쩌면 그게 내가 바라던 바였는지도 모르겠다. 괜히 무거운 대화 주제를 꺼내어 분위기를 망치고 싶지 않았으니까. 그래서 어느 자리에서건 나는 늘 웃었다. 텅 빈 눈과 텅 빈 마음으로.

하지만 집에 돌아와서는 사정이 달랐다. 힘든 마음을 오롯이 혼자 쏟아 내고 감당하려 했다. 엉엉 울거나 하루 종일 게임을 하거나 내내 잠만 자거나. 그날그날 힘들었던 일들을 오롯이 혼자서 감당하기 위해 마음을 다잡았다.

처음부터 혼자는 아니었다.

언제부터인가 나 스스로 사람들에게 거리를 두려 했던 것 같다.

● 나, 있는 그대로 참 좋다

한때는 나도 누군가에게 마음을 털어 놓거나, 잠시 어깨에 기대어 보기도 했다. 하지만 나의 힘든 마음을 가볍게 여기는 사람들, 내 아픔을 함부로 떠들던 사람들, 그리고 어렵게 꺼냈던 내 아픈 이야기들이 여러 사람의 입에 오르내리며 하찮게 떠돌던 경험들이 내 마음의 문을 닫게 만들었다. 아마도 그때부터였던 것 같다. 혼자가 편하겠다는 생각이 들었던 순간이…….

처음부터 혼자가 되고 싶지는 않았다. 하지만 '뻔한' 사람들에게 상처받느니 조금 쓸쓸한 편이 더 낫다고 되새겼다. 하지만 꿈속에서 얼굴조차 보이지 않는 존재에게 그리도 편하게 안겨 있는 내 모습을 보고 알았다.

누군가에게 기대고 싶은 마음, 의지하고 싶은 마음, 아픔을 나누고 싶은 마음이 내 진심이었다는 것을. 하지만 그럴 수 없어서 애써 진심을 모른 척 감추어 왔다는 것을. 내 진심을 마주하는 게 괴로웠을 테니까.

。
혼자가 편하다고 말했지만,
어쩌면 나는 그 누구보다
혼자가 되는 게 두려웠는지도 모르겠다.

혼자인 나를 인정하지 못하고
부정하기 바빴으니까.

솔직히 말하면 혼자가 되는 게 싫다.
나도 누군가와 함께이고 싶다.

누군가에게 안겨 깊이 잠들고 싶다.

어른이 되면
외로워진다더니

힘들 땐 너에게 기대고 싶은데
나만 힘든 게 아니라 너도 힘들다는 걸 알아서
오늘도 애써 미소만 보인다.

예전에는 힘든 일이 있으면 누군가에게 기댔다. 하지만 모두 힘든 삶을 산다는 걸 알고 난 뒤에는 그럴 수가 없었다. 자신의 몫만큼 짐을 지고 가느라 버거운 사람들에게 내 짐까지 더 얹을 수는 없는 노릇이었다. 기쁨을 나누면 배가 되고 슬픔을 나누면 반이 된다는 말은 다 옛말이다. 경쟁이 만연한 사회에서 기쁨을 나누면 질투의 대상이 되고, 안 그래도 퍽퍽한 사회에서 슬픔을 나누면 우울을 전염시킨다.

'밥값만 하자.'

참 쉬운 말인 줄 알았는데 겪고 보니 세상에서 가장 어려운 말이었다. 자기 밥벌이를 하며 사는 일. 그 고단한 일. 나는 내가 어른이 되면 엄청난 일을 하며 살 줄 알았다. '우물' 안에 있을 때에는 가끔씩 차오르는 빗물이 위기의 전부였고, 가라앉지 않으려고 발버둥치는 일만으로도 충분했다. 힘들었지만 고단하지는 않았다. 이 정도면 잘하고 있는 거라 믿었고, 우물 밖으로 나가면 무엇이든 이룰 수 있을 것만 같았다. 하지만 정작 세상 밖으로 나왔을 때는 생존의 문제부터 해결하느라 급급했다. 외부로부터 나를 막아 주는 우물 벽은 더 이상 없었다. 능력이 없으면 따뜻한 방 한 칸도 얻을 수 없는 세상에서 나보다 더 강한 자들에게 먹히지 않기 위해 정신을 바로 차려야만 했다. 살짝만 삐끗해도 먹잇감이 되니까.

밥값을 하는 삶이 얼마나 고단한지는 겪어 본 사람만 알 수 있다. 그래서 나는 타인에게 기대지 못하게 되었다. 내가 힘든 만큼 너도 힘들다는 걸 아니까. 너도 하루 종일 신경을 곤두세운 채 버텨 내고 있다는 걸 아니까. 그저 미소만 보일 뿐이다. 짐이 되고 싶지 않으니까. 그래서 그저 이런저런 사는 이야기만 늘어놓게 된다. 아무 의미 없는 너스레만 떠는 것이다. 정작 하고 싶은 말은 속에 삼켜 둔 채.

。

최근에 부쩍 외로움이 늘었다.
예전에는 가을에만 외로워했는데
요즘은 사계절이 다 외롭다.
외로움을 잘 타지 않던 내가
왜 갑자기 외로움을 타는지 그 이유를 몰랐는데
아마도 타인과 마음을 나누지 못해서 외로웠던 것 같다.
어디 가서 속 시원하게 털어 놓고 싶다.

나 지금 너무 외롭다고.
힘들어서 미치기 직전이라고.

어른이 되면 외로워진다더니.
그 외로움이 말 못하는 외로움이었나 보다.

슬픔을
삼킨다는 것

어떠한 일에 즐거워하는 것만큼
어떠한 일에 슬퍼하는 것에도 관대해질 필요가 있다.
이 세상에 의미 없는 감정은 없다.

슬픔을 이겨 내는 가장 효과적인 방법은 바로 기간을 정해 두는 것
이다. 슬픔이 찾아왔을 때 모르는 척도 해 봤고, 애써 씩씩한 척도
해 봤지만 소용이 없었다. 슬픔을 외면하면 당장은 효과를 볼 수 있
지만, 언젠가는 묵혀 두었던 슬픔이 예상하지 못한 방식으로 터져
나왔다. 슬픔을 모른 척했을 때는 자꾸만 우울의 늪으로 빠져들어
갔다. 겉으로 보기에는 분명 괜찮아 보여도 웃어도 웃는 게 아니었
다. 내 감정이 오히려 더 모호해져서 우울해졌다. 슬프지만 씩씩한

척할 때는 남들 앞에서는 괜찮다가도 혼자 남겨지면 슬픔이 배가되었다.

슬픔을 외면하니 더 힘들어진다는 사실을 깨닫고는 슬픔을 피하지 않기로 했다. 그런데 그것은 또 그것 나름대로 부작용이 있었다. 밑도 끝도 없이 슬퍼하니까 점점 걷잡을 수 없이 피폐해졌다. 지금 시간이 흐르고 있는지, 달력이 넘어가고 있는지, 계절이 바뀌고 있는지……, 세월에 무감각해졌다. 이대로는 내 삶이 위태로워지겠다는 생각이 들었다. 이런 저런 과정을 겪고 나서야 찾은 것이 바로 이 방법이었다.

기간을 정해 두고 슬퍼하는 것.

일주일이면 일주일, 한 달이면 한 달, 딱 그때까지만 온전히 슬퍼하고 그날 이후로는 일상으로 다시 돌아오는 것이다. 어찌 보면 나 자신과의 약속이다. 약속을 하는 것도, 약속을 지켜 내는 것도 모두 나의 몫.

물론 오차 범위는 조금씩 생긴다. 한 달만 슬퍼하자 했지만 마음

대로 되지 않아 예상보다 더 오래 슬퍼할 때도 있다. 하지만 그런 경우에도 '맞다, 내가 한 달만 힘들어하기로 했는데 벌써 한 달이 넘었네'라는 생각이 비상벨처럼 울린다. 그러면 슬픔도 차차 나아진다.

。
사람들은 슬픔을 동여매고 사는 것 같다.
머리끝까지 쌓여 있는 슬픔을 토해 내지 않는다.

나는 그게 참 걱정이다.
사람은 다양한 감정을 느끼며 살아야 하는데
'슬픔은 안 좋은 것'이라는 부정적인 인식 때문에
좀처럼 슬픔을 표현하지 않는다.

어떤 일에 즐거워하는 것만큼
어떤 일에 슬퍼하는 것에도 관대해질 필요가 있다.

이 세상에 의미 없는 감정은 없다.
슬픔은 안 좋은 것이 아니다.

● 나, 있는 그대로 참 좋다

견딜 수 있는
마음을 주세요

살다 보면 이런 일, 저런 일 다 겪어야 한다는 것을 압니다.
지금껏 제가 겪은 일들은 어쩌면 작은 일인지도 모르죠.
더 큰 어려움이 찾아올 수 있다는 것도 압니다.

힘들다고 낑낑거리는 내 모습이 어쩌면
하룻강아지 투정처럼 보였을 수도 있습니다.
이슬비에도 흠뻑 젖어 버리는 나이니까요.

힘든 상황을 주지 말라고 바라지는 않겠습니다.
그건 제 욕심일 테니까요. 불가능한 일이니까요.

그러니 힘든 상황 속에서
묵묵히 견딜 수 있는 마음을 주세요.

제가 포기하지 않도록.

편하게 살고 싶은 게 아니라 잘 살고 싶습니다.
여기서 잘 산다는 것은 돈을 많이 벌고,
높은 자리에 앉는 것이 아닙니다.
하고 싶은 일을 하고, 그 속에서 행복을 느끼는 것입니다.

돈이 많으면 다 되는 세상입니다.
자리가 높으면 다 되는 세상입니다.
그래서 돈도 많이 벌고 싶고,
높은 자리에도 오르고 싶습니다.

하지만 돈을 벌더라도 제가 행복한 일을 하면서 벌고,
높은 자리에 올라가더라도
저의 능력을 인정받아 오르고 싶습니다.
제가 바라는 삶을 좇으려면
힘든 상황이 시시때때로 찾아올 것을 압니다.

● 나 있 는 그 대 로 참 좋 다

그러니 힘든 상황 속에서
꿋꿋이 견딜 수 있는 마음을 주세요.
제가 도망치지 않도록.

꼭 지키고 싶은 가치관이 있습니다.
무엇에도 흔들리지 말아야 하는 것이 가치관이지만,
살다 보면 가치관을 뒤흔들 수 있는 일이
생길 수 있다는 것을 압니다.

그건 제가 올바른 사람으로 살지,
올바르지 못한 사람으로 살지,
기로에 서는 시험일 수도 있습니다.
아마도 이 시험은 죽을 때까지 치를 수도 있겠죠.

하지만 기로에 몇 번을 서든 몇 번의 시험을 치르든
망설임 없이 올바른 선택을 하고 싶습니다.
올바른 것과 올바르지 않은 것을
구분하지 못하는 사람이 되고 싶지는 않습니다.

그러니 힘든 상황 속에서
의연히 견딜 수 있는 마음을 주세요.

제가 약해지지 않도록.

아무리 힘들더라도 견딜 수 있는 마음을 주세요.
어떤 상황이든 똑바로 마주할 수 있는 우직함을 주세요.
스스로를 괴롭히지 않게 해 주세요.

부디.

사랑이 서툴고 힘겨운 나에게

사랑 앞에
용기 있었다_____

이별을
세어 보았다

우리는 매번 이별하면서 산다.
나이가 들수록 더 자연스럽게 느껴지는 일은
만남이 아닌 이별이었다.

이별이 두려워서 어긋난 인연을 끊어 내지 못했던 순간이 있었다.
참 희한하게도, 아니라는 것을 알면서도 끊어 내지 못했다. 그때는
인연의 끈을 놓지 못하는 게 아직 그 사람에 대한 마음이 남아 있기
때문이라고 생각했다. 그래서 미련이 흙투성이가 되도록 바닥을
질질 끌고 다녔다. 하지만 그 이유를 잘 들여다보면 그에게 감정이
남아서가 아니라 이별 후의 내 모습을 감당할 자신이 없어서였다.

길었던 손톱을 잘라 내도 한동안 그 허전함이 남아 있는데, 내 안에 있던 추억을 잘라 내는 건 오죽할까. 그 허전함이 두려워서 '아닌 인연'을 붙잡은 채 시간을 쓰고, 감정을 쏟고, 상처를 받았다. 손톱을 제때 잘라 내지 않으면 삐뚤게 부러지는 것처럼 추억도 마찬가지다. 끊어 내야 할 때 끊어 내지 못하면 좋았던 추억마저 더럽혀진다. 새하얀 운동화에 흙비가 튀는 것처럼 추억도 마찬가지다. 얼룩진 부분을 지우려다 결국 모든 추억을 드러내야 한다.

어른이 되고 나서 느낀 건, 우리는 매번 이별하며 살아간다는 것이다. 살다 보면 꼭 사랑하던 사람과의 이별이 아니더라도 우리가 경험하는 이별은 꽤 많다. 친구들과 헤어져야 할 때도, 부모님과 떨어져야 할 때도, 아끼는 물건을 팔아야 할 때도, 꿈과 멀어져야 할 때도 있다. 내 안에 있던 것이 밖으로 나가면 그게 다 이별인 것이다.

우리는 매 순간 이별을 하며 산다.

가진다는 것은 곧 이별할 수도 있다는 것이다. 가진 게 있다는 건 잃을 것도 있다는 의미니까. 예전에는 갖고 싶은 게 있으면 무조건 가져야 했다. 그게 사람이든 물건이든 목표든. 가지면 다 괜찮을 것만 같았다. 하지만 손에 쥐고 있는 게 늘 내 것이 아니라는 걸 알고 난 뒤에는 무언가를 가진다는 것이 썩 달갑지 않게 다가온다. 언젠가 나에게 아픈 이별로 다가올 수 있다는 걸 알기 때문이다.

이제는 이별이 두렵지 않다. 이별을 겪고 나면 여전히 상처가 남지만 벌어진 상처를 꿰매는 법을 알기 때문이다. 그렇다고 해서 이별 앞에 담담해질 수는 없다. 다만 그 끝에서 이별을 받아들일 줄 알게 되었고, 이별이 특별한 게 아니라 살다 보면 일어날 수 있는 자연스러운 일이라고 받아들인 것뿐이다.

。

이별은 사전적 의미로 '서로 갈리어 떨어짐'이다.
나는 지금까지 내 안에 있던 것과 얼마나 갈라지고
내 곁에 있던 것과 얼마나 떨어졌나.

이별을 천천히 세어 보았다.

이름 없는
계절

너는 나에게 지독한 계절이었다.
계절은 내가 건너뛰고 싶다고 해서
건너뛸 수 있는 것이 아니다.

너도 그렇다.
내가 피하고 싶다고 해서 피할 수 있는 것이 아니었다.
너는 내 인생에서 반드시 겪어야 하는 세월이었다.
너는 봄도 아니고, 여름도 아니고,
가을도 아니고, 겨울도 아니었다.
너는 몽글몽글했으며, 부드럽고 맑은 향기를 품고 있었다.

살면서 한 번도 맞이하지 못했던 계절이라
너의 계절에는 붙여진 이름조차 없었다.
하지만 이름이 없어도 괜찮았다.
내가 기억하면 되니까.
너를 떠올리면 코끝에서 너의 계절이 느껴지니까.

내 안의 나도 잘 모르는데,
내 안의 너는 기억해 낼 수 있었다.
그건 아마도 내가 너를 좋아하기 때문일 것이다.

차마 헤아릴 수 없을 만큼
너의 모든 것이 내 안을 비집고 들어왔다.

처음부터 우리가 인연이었던 것처럼
너는 내 곁으로 다가왔고,
길거리의 수많은 사람처럼 스쳐갈 수 있었는데
너는 나에게 확신을 갖고 곁에 머물렀다.

우연을 운명으로 만든 너였다.
그리고 너는 나의 세계가 되었다.

사랑이었다.

첫 연애,
첫 이별

추억은 추억이라서 아름답다.
그때의 기분을 느끼고 싶어서 과거를 끄집어낸다면
아름다웠던 추억은 연기처럼 사라진다.
추억은 추억일 때 가장 아름답다.

나에게는 첫 연애였고, 첫 이별이었다. 그래도 연애는 둘이서 하는
거라 방법을 몰라도 한 발 두 발 앞으로 나아갔는데, 이별은 오로지
혼자 겪어 내야 하는 거라 막막했다. 입맛이 없었고 눈물이 계속 나
왔다. 치과에서 충치 치료를 하는 것보다 더 시큰거렸다. 마음이 너
무 아픈데 이 아픈 마음을 어떻게 해야 달랠 수 있는지 몰랐다.

그래서 나는 그 사람과 자주 걷던 길을 찾아갔다. 그 길목에 서
있으면 그의 환영이 보일 것 같았기 때문이다. 다정하게 내 손을 잡

아 주던 모습, 이상한 표정을 지으며 나를 웃겨 주던 모습, 이어폰을 나눠 끼고 음악을 듣던 모습까지. 보고 싶은데 이젠 볼 수 없는 모습들이 그 길 위에 둥둥 떠다닐 것 같았기 때문이다. 나는 예전의 우리가 걷고 있는 모습에 발걸음을 맞춰 걸었다. 그의 키는 나보다 더 컸고, 보폭도 더 넓었다. 늘 그 뒤를 종종걸음으로 따라가며 천천히 가라고 투덜댔다. 그 모습들을 상상하며 걸었다.

그때의 나. 그때의 우리.

그러면 마음이 좀 나아질 줄 알았다. 그런데 더 허전했다. 내 곁을 스치는 건 빈 공기뿐이었다. 항상 내 왼쪽에서 느껴지던 온기는 더 이상 느껴지지 않았다.

다시, 눈물이 차올랐다.

늘 있던 자리에 그 사람이 없으니 빈자리가 더 크게 느껴졌다. 그 전까지만 해도 이별 때문에 마음이 아팠지만 현실로 와닿지는 않았다. 하지만 그 사람과 함께 걷던 길에 그가 없으니 우리가 정말 헤어졌다는 사실이 피부로 느껴졌다. 다른 사람들은 무심코 지나가는 길이지만 나에겐 그 길 위에 추억이 한 움큼 묻어 있으니 걸음걸음마다 가슴이 저려오는 건 어쩌면 당연한 일이었다.

。
그 사람과 사귈 땐 그 길이 참 예쁘다고 생각했다.
길 모양에 맞춰 피어난 철쭉들,
중간 중간에 쉴 수 있도록 마련된 벤치들,
더없이 예쁘고 상냥한 길이라고 생각했다.

혼자가 된 후에 찾아간 그 길은
하나도 예쁘지 않았다.

피어 있는 꽃보다
꺾이고 떨어져 있는 꽃들에 눈길이 갔고
한차례 휩쓸고 간 태풍에 지저분해져서
앉을 수조차 없는 벤치들로 가득했다.

그 길 위에서 환하게 웃던 내 모습도 없었다.
멍한 표정으로 혼자 서 있을 뿐이었다.
그 사람과 자주 걷던 길이
따뜻한 온기로 나를 감싸 줄 줄 알았는데,
쓸쓸한 느낌뿐이었다.

그때 마음이 쿵 내려앉았다.

길이 예뻤던 게 아니라 그 사람과 함께인 내 모습이 예뻤던 것이다. 웃고 떠들고 행복해하는 내 모습이 담겨 있어서 그 길이 예뻤던 것이지 더 이상 웃지 못하고 말할 사람이 없고 행복하지 않은 지금의 나에게는 그 길이 예쁠 리 없었다. 그 사람과 함께하는 게 아니라면 의미가 없었다. 내 마음을 따뜻하게 데워 주던 존재가 하나 사라졌다.

다 끝이 나 버렸다.

사랑 앞에 용기 있었다

고집합이
생길 거야

상대를 바꿀 수 있는 가장 좋은 방법은
내가 좋은 사람이 되는 것이다.
상대가 나와 닮아 갈 수 있도록
묵묵히 내가 좋은 사람이 되자.

사람은 바뀔 수 있다. 하지만 쉽게 바뀌지는 않는다. 만약 그것이 가능하다고 해도 그를 바꾸는 주체는 내가 아닐 것이다. 스스로 변하고자 하는 마음을 먹었을 때 가능한 것이다. 내가 잘한다고 해서 상대가 바뀌는 것도 아니다. 내가 잘하는 것은 잘하는 것일 뿐, 상대의 변화 여부와는 상관이 없다. 물론 내가 잘하면 상대의 변화에 도움을 주거나 상대의 마음을 움직이는 원동력이 될 수는 있겠지만, 직접 바꿀 수는 없다.

이 사실을 깨닫기 전까지는 나도 사람에 연연했다. 조금 더 나은 사람이 되어 주기를, 조금 더 나은 모습을 보여 주기를 바랐다. 대화로 안 통하면 애교를 부리기도 하고 투정을 부리기도 하고, 또 화를 내기도 하고 울어 보기도 했다. 그때마다 상대는 나의 이러한 모습에 반응을 보이긴 했다. 하지만 잠시뿐이었다. 길어야 일 년. 우는 아이에게 사탕 하나 물려 주는 것과 다르지 않았다.

아무리 노력해도 바뀌지 않는 상대를 보며, 나의 무력함에 좌절하곤 했다. 내가 이것밖에 안 되는 사람인가, 자책했다. 그리고 상대의 마음을 재단하기도 했다. 나를 위해 노력할 만큼 내가 소중하지 않은 건가. 나 혼자 기준을 만들었다. 그런 어린 생각들로 내 곁을 떠나보냈던 사람도 있었다.

그때 미처 몰랐던 사실은, 그토록 연연했던 것들이 누군가에게는 '억지'였다는 것이다. 내 기준에서 좋은 것이고 내 기준에서 나은 것이지, 그에게는 아닐 수도 있다는 걸 몰랐다. 브로콜리가 몸에 좋다는 건 알지만 밍밍한 맛을 견디며 억지로 먹을 바에야, 차라리 다른 음식을 즐거운 마음으로 먹겠다고 주장하는 내 모습과 다를 것이 없었다. 분명 나의 말에 누군가는 바뀌려고 노력했을 것이다. 다만 한 번 몸에 밴 습관은 금방 고치기 어렵기 때문에 노력이 바로 드러나지 않았을 것이다. 나는 노력의 결과가 드러나기까지 시간을 주지 못한 것일 수도 있다.

상대를 변화시키는 가장 좋은 방법은, 내가 좋은 사람이 되는 것이었다. 내가 좋은 사람이 되어 좋은 모습을 보여 주면, 상대도 그 모습에 영향을 받는다. 그리고 그에게 내가 좋은 사람이라는 것을 인식시켜 주면, 내 곁에 있기 위해 자신도 좋은 사람이 되어야겠다는 자극을 받는다. 나를 잃지 않기 위해 노력하는 것이다. 그러다 보면, 결국 그 사람도 자신의 지향점을 '좋은 사람'으로 잡는다.

그에게 원하는 모습이 있다면 내가 먼저 그 모습을 보여 주는 게 가장 좋은 방법이다. 성격을 고치는 건 남이 해 줄 수 있는 부분이 아니다. 상대의 보기 싫은 부분을 하나씩 뜯어 고치려고 하는 순간부터 불만과 다툼이 생기기 시작하고, 더 이상 사랑으로 포용할 수 없는 한계점까지 다다를 것이다.

。
상대방은 내가 아닌 남이다.
어떻게 남의 마음이 내 마음과 같을 수 있을까.
내 마음도 어찌할 줄 몰라서 버벅이곤 하는데
남의 마음까지 어찌하려고 드는 건 욕심이다.

상대방을 내 입맛대로 고치려 하기보다는
내 입맛을 상대방과 공유하자.
어떤 날에는 내 입맛, 어떤 날에는 네 입맛.

서로의 입맛을 공유하다 보면
교집합이 생길 날도 언젠가는 올 테니까.

사랑 앞에 용기 있었다

용기 있게 사랑한
당신에게

더 많이 좋아하는 건
나쁜 것이 아니다.

자신이 우위에 있는 것처럼
이용하는 사람이 나쁜 것이다.

당신의 잘못이 아니다.
그러니 자책하지 마라.

당신은 진심을 다했고
감정 앞에 솔직했다.

재고 따지고, 밀고 당기며
머리로 연애할 수도 있었는데

당신은 나중을 겁내지 않고
마음이 원하는 것에 귀 기울였다.

용기 있게 사랑한 당신에게
나는 잘했다고 말해 주고 싶다.

그동안 정말 잘했다.
아픈 사랑하느라 고생 많았다.

그러니 이제 그만 아파하고
속에 담긴 응어리는 훌훌 털어 내자.

사랑 앞에 용기 있었다

앞으로 다가올 사랑은
행복으로 가득 차 있을 테니까.

이것 하나 빼고는
다 괜찮은 사람

내 밑바닥을 드러나게 만든 사람과의 인연은
아무리 힘들어도 끊어 내는 것이 더 낫다.

내 밑바닥을 보이게 만드는 사람은
나를 아프게 할 존재이기 때문이다.

다툼을 그리 좋아하지 않는 나는 넘어갈 수 있는 일은 그냥 넘어가
고, 참을 수 있는 일은 그냥 참자는 주의로 살아왔다. 다투고 나면
잘잘못을 떠나서 늘 후회가 밀려오기 때문이었다. 그래서 10년 넘
게 사귄 친구들과도 다툰 적이 없었다. 다투고 싶은 마음을 억지로
참는 게 아니라 다툴 일을 만들지 않으면 그만이니까. 그런 일 자체
를 만들지 않는 건 나에게는 무척 쉬운 일이었다.

하지만 나의 이런 모습을 무너뜨린 사람이 있었다. 그는 매번 나를 욱하게 만들었다. 연애를 하다 보면 안 맞는 부분이 생기게 마련이지만 그 사람은 달랐다. 나는 가부장적인 아버지 밑에서 자란 환경 탓에 '나는 괜찮지만, 너는 안 된다'는 식의 접근에 불편함을 느꼈다. 그 사람이 딱 그랬다. 나에게 하지 말라고 했던 것을 자신은 아무렇지도 않게 했다. 그 지점이 나를 미치게 만들었다. 다른 건 다 참을 수 있어도 도저히 그것만큼은 참기 힘들었다.

몇 번을 얘기했다. 내가 하면 안 되는 거라면 당신도 하지 말라고. 당신도 할 거면 내가 했을 때 아무 소리 하지 말라고. 제발 그것만큼은 지켜달라고. 그 사람은 나의 부탁을 새겨듣고 고치는 듯했지만, 나를 만나기 전부터 갖고 있던 습관이라 그런지 완전히 고쳐지지는 않았다. 그를 기다려 줄 수도 있었을 텐데, 그러기가 쉽지 않았다. 화산이 폭발하는 것처럼 참을 새도 없이 마음이 폭발했다. 그때마다 속상했다. 왜 하필 이 문제인지, 모든 걸 참아도 이것만큼은 못 참겠는데, 왜 하필 내가 많이 사랑하는 사람이 그런 모습을 갖고 있는 것인지. 이것만 빼면 다 괜찮은 사람인데, 왜 하필 이거 하나 때문에 이토록 괴로워해야 하는 것인지, 하늘이 원망스러웠다.

싸움이 잦아졌다. 일주일에 두세 번은 기본이었다. 너무 힘들고 그만두고 싶은 마음이 굴뚝같았지만 헤어지지는 않았다. 힘들었지만 사랑했고, 이거 하나 때문에 헤어지고 싶지 않았다. 오랜 시간을 다투고 화해하기를 반복하다가 이 사람과 헤어져야겠다는 결심이 선 건, 그동안 내가 보지 못했던 내 모습을 본 순간이었다. 주체할 틈도 없이 욱해서 나도 놀랄 만큼 큰 소리를 지르며 화를 내던 내 모습. 미처 내 안에서 거르지 못한 채 내지른 언성에 그 사람도 당황했고, 나도 당황했다. 내 밑바닥까지 다 보여 주었다는 생각에 비참했다.

다른 더 특별한 이유 때문이 아니었다. 3년을 참은 세월 탓이었다. 오직 사랑의 힘으로 버티지 못할 상황도 버텨 왔다고 생각했는데, 한계에 다다르니 사랑도 소용이 없었다. 사랑은 '그럼에도 불구하고'를 떠올리게 하는 환각제였다. 어떤 상황이 닥쳐오든 그럼에도 불구하고 더 사랑하게 만들어 주는 환각제.

하지만 그 환각제도 3년이 지나니 내성이 생긴 것 같았다. 약이 더 이상 듣지 않았다. '3년이면 나도 많이 참았어'라는 생각이 드는 순간, 감정이 욱하고 올라왔다. 그 어떤 필터도 거치지 않은 채…….

이런 내 모습에 치가 떨렸다. 그래서 그와 헤어져야겠다고 마음 먹었다. 아무리 화가 나도 성질대로 화를 내는 모습은 진짜 말도 안 되는 것이었다. 그동안은 이것 하나 빼고 다른 건 다 괜찮으니 헤어지지 말자고 다짐했는데, 그 일이 있고 난 뒤로는 다른 게 다 좋아도 이것 하나가 내 밑바닥을 드러내게 만드는 거라면 헤어지는 게 맞다는 생각이 들었다. 아무리 배가 고파도 독이 든 음식을 먹으면 안 되는 것처럼, 그 사람도 내가 삼켜서는 안 되는 존재였다.

아무리 사랑해도 그 모습까지 안고 갈 수 없었다.

。
사랑할 때 가장 빠지기 쉬운 함정은
'이것 하나 빼고는 다 괜찮아'이다.

'이것 하나'가 가장 크고 중요한데
'다 괜찮아'를 더 좋아 보이게 만든다.

그게 사랑이기 때문이다.

내 밑바닥을 드러내는 사람은
그게 누가 됐든 나를 아프게 할 존재이다.

지금 당장은 이별에 죽을 만큼 힘들지 몰라도
나중에 뒤돌아보면 잘 헤어졌다는 생각이 들 것이다.

그러니 아닌 것 같다면 끊어 내야 한다.
먼 훗날에는 행복에 둘러싸여 있기를 바라는 희망과 함께.

세월을 거쳐 온
사랑

예쁜 것이 갖고 싶은 마음은 자연스러운 일.
하지만 예쁜 것을 누구나 가질 수는 없다.
나는 예쁜 것을 가질 자격이 있는 사람일까.

마트에서 장을 보고 돌아오는 길이었다. 멀리서 한 노부부가 내 쪽
으로 걸어오고 있었다. 할머니는 거동이 불편한지 오른손으로 지
팡이를 짚은 채 걸었고, 할아버지는 오른손에 분홍색 양산을 들고
할머니에게 내리쬐는 햇볕을 막아 주었다. 두 분은 아무 말 없이 걸
어오는 듯 보였다.

  아이들은 학교에, 어른들은 직장에 있을 시간이라 길목에는 내
발소리와 할머니가 내려 짚는 지팡이 소리만 났다. 나와 거리가 가

● 사랑 앞에 용기 있었다

까워졌을 때 즈음, 할머니는 갑자기 걸음을 멈추었다. 힘이 들어 보였다. 그 순간, 할아버지가 잠시 다른 생각을 하는 듯 고개를 바깥쪽으로 돌리고 입을 열었다. 나와의 거리가 그리 가깝지 않았기에 어떤 이야기를 하는지 정확히 듣지는 못했지만, 할아버지는 혼잣말을 하는 것 같았다. 할머니와 마주보며 대화하는 것이 아니라 혼자 시선을 이리저리 돌리며 계속 혼잣말을 했다. 내가 할머니와 할아버지를 지나치는 순간 내 귀에 할머니가 내뱉은 한 마디가 들렸다.

"아이고, 힘이 든다. 이제 갑시다. 다 쉬었습니다."

할머니의 말에 할아버지의 혼잣말이 그쳤다. 그러고는 할머니의 지팡이 소리가 다시 들리기 시작했다. 그제야 이해가 되었다. 할아버지의 혼잣말은 할머니를 기다려 주는 할아버지만의 방법이었다. 길 한가운데에 멀뚱멀뚱 서 있으면 할머니의 마음이 불편해질까봐 괜히 다른 이야기를 꺼내며 시간을 보내고 계셨던 것이다. 나는 아무렇지도 않으니 편히 쉬라는 할아버지의 배려였다.

。
힘들어하는 상대를 두고 가는 것이 아니라
나보다 느리게 걷는 상대를 재촉하는 것이 아니라
아무 일도 아닌 듯 태연하게 기다려 주는 모습에서
세월을 거쳐 온 사랑이 느껴졌다.

그동안 나는 어땠던가.
내 마음과 같지 않다고 다그치지는 않았는지
나에게 맞춰 주지 않는다고 투정을 부리지는 않았는지.
또 상대방의 힘듦을 봐 주려고 애썼는지
상대방이 원하는 것이 무엇인지 알려고 노력했는지.

나도 저 노부부처럼 예쁜 사랑을 누릴
자격이 있는 사람인지 되돌아봤다.

사랑 앞에 용기 있었다

사랑도 온도가
다를 수 있다

봄, 여름, 가을, 겨울
계절마다 온도가 다르듯이

사랑도 만나는 시기에 따라
온도가 다를 수 있다.

사랑이 꼭 뜨거워야 하는 건 아니다.
따뜻할 수도 있고 미지근할 수도 있다.

'권태기'라는 이름을 붙이니,
문제가 심각하게 비춰지는 것이다.

어떤 온도든 거기에 익숙해지면
다 미지근하게 느껴진다.

사랑이 뜨겁지 않은 게 아니라
뜨거운 것에 익숙해졌을 뿐이다.

그 사람을 선택했던
그 순간의 나를 믿어 보자.

사랑하고 또 사랑했기에
그 사람을 선택했을 테니까.

사랑 앞에 용기 있었다

익숙해지면
익숙해질 테니까요

항상 둘이서 하던 것을
가끔씩 혼자 하게 되더라도
담담하게 받아들이기로 했습니다.
그것 또한 익숙해지면, 익숙해질 테니까요.

저와 단둘이 밥 먹는 것이 좋다며 다른 약속을 미루던 그 사람이었
습니다. 그러지 말라며 타일러도 끝까지 고집을 피우며 나를 만나
러 달려왔습니다. 늘 맛있는 것을 먹여 주고 싶다며 정성스럽게 메
뉴를 고르고, 제 앞에서 환하게 웃었습니다. 이것이 그가 나를 사랑
하는 방식인 것 같아서 그 모습 그대로 존중해 주기로 했습니다.

그는 내 앞에서만큼은 수다쟁이였습니다. 가끔 어색한 침묵이라

도 찾아오면, 뜬금없는 이야기를 꺼내 저를 웃게 해 주었습니다. 밥을 먹을 때에도, 문자를 보낼 때에도, 통화를 할 때에도 그는 많은 이야기를 들려주었습니다. 이것이 그가 나를 사랑하는 방법인 것 같아서 그 모습 그대로 존중해 주기로 했습니다.

몇 달 뒤, 어느새 그는 제가 편해졌나 봅니다. 주말이면 늘 함께 하던 우리였는데, 제게 말없이 다른 약속을 잡습니다. 어떤 날은 친구와의 약속, 어떤 날은 회사 동료들과의 약속, 또 어떤 날은……. 이제는 나 아닌 다른 사람들도 그의 눈에 보이나 봅니다. 하지만 이 또한 그가 나를 사랑하는 방식인 것 같아서 그 모습 그대로 존중해 주기로 했습니다.

변하지 않을 것 같던 그 사람도 시간 앞에서는 어쩔 수 없나 봅니다. 부정하고 싶지는 않습니다. 그에게는 나 말고도 챙겨야 할 것이 많으니까요. 그의 삶을 뒤바꿔 놓은 불청객은 바로 나였으니까요. 그래도 요 몇 달 동안 나에게 최선을 다했던 사람이니까, 저는 괜찮습니다.

　그래도 마음 한편에 쓸쓸한 마음이 드는 건 어쩔 수 없나 봅니다. 이 사람만은 다를 거라고 믿었는데, 역시나 같습니다. 내가 익숙해지니까, 편해지니까 이제는 혼자 남겨 둡니다. 새로 산 장난감이 신기해서 한동안 끌어안고 다니다가 이제는 새로울 것 없고 더 알아 갈 것이 없다 생각해 마음이 시들해진 것이겠지요.

　저는 이제 혼자 서는 연습을 하려고 합니다. 그를 만나기 전에는 혼자 밥을 먹고, 혼자 영화를 보고, 혼자 여행을 즐겼던 것처럼 그렇게 혼자 서 보려고 합니다. 그를 만나기 전에는 무엇이든 혼자서 잘하던 사람이었으니까요. 이제는 사랑에 모든 것을 쏟아 붓는 것이 아니라 내 삶에 귀 기울이려 합니다. 저와 꼬옥 붙어 있으려 했던 그 사람 때문에 만나지 못했던 친구들도 만나고, 하루 종일 그의 이야기를 듣느라 갖지 못했던 내 시간도 누리고, 왜 그렇게 바쁘냐고 투정 부리는 그를 달래느라 하지 못했던 일도 시작하려 합니다.

그 사람이 앞으로 변할 제 모습을 어떻게 받아들일지 궁금합니다. 한 가지 부탁이 있다면, 그가 저를 탓하지 않았으면 합니다. 제가 혼자 서는 연습을 하는 것은 저를 혼자 둔 그 사람 때문인데, 갑자기 왜 그렇게 변하냐며 저를 다그치면 그에게 화가 날 것 같습니다. 저는 '갑자기'가 아니었으니까요. 아픈 시간이 수없이 흘렀으니까요.

솔직히 많이 속상합니다. 특별할 줄 알았던 우리의 시간이 남들과 다르지 않아서. 우리도 남들처럼 사랑하다가 남들처럼 이별을 맞을 수 있다는 생각이 문득 스쳐갑니다. 그가 나에게 보여 준 모습이 다른 인연과 달라서 마음을 주었는데, 너무 많이 줘 버린 마음을 이제는 거둬야겠습니다.

。
이것도 사랑이라면
사랑이라고 할 수 있겠죠.

항상 둘이서 하던 것을
가끔씩 혼자 하게 되더라도
담담하게 받아들이기로 했습니다.

그것 또한 익숙해지면
익숙해질 테니까요.

'익숙하다'라는 표현이
오늘따라 참 서글프게 느껴집니다.

사랑 앞에 용기 있었다

내 안에 이토록 많은
네가 있었다

그런 네가 있었다.

사랑한다는 말이 흔하게 느껴질 정도로
마음을 한껏 표현해 주던 네가 있었다.

지나간 과거가 기억이 나지 않을 정도로
행복이 가득한 현재를 선물해 주던 네가 있었다.

얼굴을 마주보고 있어도
그래도 또 보고 싶다고 말하던 네가 있었다.

꽁꽁 얼어붙은 내 손을 따뜻한 자신의 손으로 덮어
온기를 나눠 주던 네가 있었다.

발갛게 부어오른 통통한 여드름을 보고
내 얼굴에 매력점이 하나 생겼다고 말해 주던 네가 있었다.

입술을 쭉 빼고 뾰로통해 있으면
어린아이를 대하는 모습으로 나를 달래 주던 네가 있었다.

두 눈에 나를 담으며
세상을 다 가진 듯한 표정을 짓던 네가 있었다.

삐뚤삐뚤한 글씨로 종이 두 장을 빼곡히 채워
말간 미소와 함께 편지를 전해 주던 네가 있었다.

좋은 것, 즐거운 것, 행복한 것을 나와 공유하기 위해
세상일을 귀 기울여 듣던 네가 있었다.

내가 무엇을 좋아하고 무엇을 싫어하는지
마음속 깊은 곳에 담아 기억하던 네가 있었다.

내 안에 이토록 많은 네가 있었다.
지금은 기억조차 가물가물한 그런 네가 있었다.

새벽에 보낸
문자 한 통

새벽에 보낸 문자 한 통은
풍부해진 감성의 결과물이 아니라
너에게 연락해도 되는 건지
새벽이 될 때까지 고민한 흔적이다.

새벽이면 잠잠해지는 너의 휴대폰이 갑자기 소리를 내어 놀랐을지
도 모르겠다. 어쩌면 잠이 들까 말까 하던 너의 순간을 부순 건 아닌
지 걱정도 된다. 수신함을 확인했을 때 찍혀 있는 익숙한 번호가 너
를 당황스럽게 만들었을지도 모르겠다. 미련 한 톨 보이지 않던 나
였는데, 왜 연락을 했나 의아했을 것이다. 오해하지 않았으면 좋겠
다. 그 흔한 '새벽 감성'으로 연락한 것이 아니다. 새벽이 되어서 네
가 생각난 게 아니라, 너를 생각하다 보니 새벽이 된 것뿐이다.

너에게 못 다한 한 마디가 있어서 연락했다. 우리가 헤어지는 순간에 전부 네 탓만 하고 돌아선 것 같아서 내내 마음에 걸렸다. 그땐 내 안에 미움이 가득 차 있어서 못할 말이 없었다. 굳이 안 해도 될 말까지 꺼낸 것 같아 마음이 불편했다.

아직도 네가 다른 인연을 찾지 않는 이유가 스스로를 못난 사람이라고 생각해서일까 봐, 그러지 않았으면 하는 마음에 사과를 해야겠다는 생각이 들었다. 이 또한 나의 이기적인 마음이었다면 다시 한 번 미안하다.

그땐 나도 그 사실을 몰랐다. 나를 자꾸 속상하게 만들어서 네가 못난 사람이라고 생각했는데, 네가 못나서 속상했던 게 아니라 서로의 생각이 많이 달라서 속상한 상황이 만들어진 것이었다. 그렇게 따지면 너도 나를 만나면서 속상했던 순간이 많았을 텐데, 잘 표현하지 않았던 걸 보면 너는 이때까지 많이 참았구나 하는 생각이 든다. 나에게 불만이 없어서 말을 하지 않았던 게 아니라 불만을 아끼고 살았던 것이었구나. 너에게 다 쏟아 내고도 속상했던 나인데, 다 쏟아 내지도 못한 너는 얼마나 속상했을까. 그 마음을 짐작할 수조차 없다.

。

내가 전부 미안하다.

그러니 너도 잘 지냈으면 좋겠다.

잘 지내지 못한다는 소식이 들릴 때마다

내 마음도 같이 아파 온다.

안 그래도 복잡하게 살고 있는 너에게 문자를 보내면

너의 마음을 헤집어 놓을까 봐 고민을 많이 했다.

그렇게 고민을 하다 보니 새벽이었다.

너의 잠을 방해하려던 건 아니었는데

혹시 내가 너를 깨웠다면 용서해 주길 바란다.

연락을 할까 말까 고민이 들지 않을 정도로

부디, 네가 잘 지냈으면 좋겠다.

진심이다.

정말 진심이다.

불공평한 이별

내가 그 사람을 잃은 게 아니라
그 사람이 나를 잃은 것이다.

이토록 좋은 나를 그 사람은 잃은 것이다.
그 사람이 손해를 본 것이다.

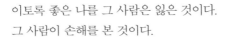

이별이 힘들었던 이유는 내 곁을 떠나는 '모든 것'들과 이별할 준비
가 되지 않아서였다. 주말이면 예쁘게 꾸미고 나가던 내 모습도, 먹
고 싶은 음식이 생겼을 때 가장 먼저 연락하던 존재도, 잠들 시간이
되면 울리던 휴대폰 문자 알림도 아직 떠나보낼 준비가 되지 않았
다. 내가 끝내고 싶었던 건 내 마음을 아프게 하는 '그 사람'뿐이었
다. 하지만 그 사람을 떠나보내니, 보내고 싶지 않았던 것들까지도
모두 사라졌다. 그것이 나의 이별이었다. 나에게 이별은 그 사람뿐

● 사랑 앞에 용기 있었다

113

아니라 소중한 일상 속 작은 습관과의 헤어짐이었다.

　나는 이별 앞에 약자라고 생각했다. 사람을 잊는 건 문득문득 힘든 일이지만, 습관을 바꾸는 건 하루 종일 틈틈이 힘든 일이니까. 그래서 이별은 내게 더 불리하고 불공평하다고 생각했다. 내가 더 아프고 지워야 할 게 많았으니까. 어느 순간부터인가 연애를 귀찮음의 영역으로 밀어낸 그와는 달리, 나는 헤어지는 순간까지도 그 사람이 조금이라도 달라지기를 바랐으니까.

　우리가 다시 사랑할 수 있을 거라는 희망이 사라졌을 때쯤, 나는 내가 그 사람을 잃은 것이라고 생각했다. 내 안의 무언가가 다 빠져나간 기분이 들었기 때문이다. 너무나도 조용한 휴대폰, 남는 시간, 옷장 안에 있는 치마, 하염없이 쏟아지는 눈물, 달아나 버린 식욕. 내 안을 꽉꽉 채우고 있던 것들이 하루아침에 다 사라져서 허탈하다 못해 공허한 마음까지 들었다. 내가 갖고 있던 것을 잃었다는 생각이 자꾸 나를 고통스럽게 했다. 사람 마음이라는 게 그렇다. 처음부터 없었다면 몰랐겠지만, 있던 것이 사라지면 온갖 어두운 마음이 치밀어 오른다.

어느 날은 괜찮다가도 어느 날에는 참을 수 없이 슬프고, 어느 날은 아무 감정이 없다가도 또 어느 날에는 심장에 고슴도치가 들어앉아 있었다. 그리고 때로는 원망하기도 하고, 때로는 밥숟가락을 입에 넣다가 눈물 줄기를 왈칵 쏟은 적이 있기도 했다. 나를 흔드는 건 많은 돈도, 드높은 명예도 아닌 오직 너의 한마디였는데 그런 네가 나를 벼랑 끝으로 내몰았다는 생각 때문에 잠을 이룰 수도 없었다. 하루에도 수만 번씩 위아래로 출렁이는 파도처럼 내 기분도 위를 향했다 아래를 향했다 가파르게 출렁이기를 반복했다. 끝없는 어둠 속을 헤엄치다가도 수면 위로 올라와 숨을 쉴 수 있었던 이유는 간단한 생각의 전환 덕분이었다.

내가 너를 잃은 게 아니라
네가 나를 잃은 것이다.

주어와 목적어를 바꾸었을 뿐인데 그 의미에 큰 변화가 생겼다. 내가 감당해야 했던 건 그와 함께한 과거였는데, 그가 감당해야 하는 건 나와 함께하지 못한 미래라는 것. 지켜야 할 것을 지켰다면 내가 그에게 더 큰 행복을 안겨 주었을 텐데, 그 사람은 행복한 미래를 안겨 줄 나를 놓친 것이다.

　하루 종일 연락하는 것도, 데이트하며 보내는 주말도, 맛집을 찾아다니는 것도 시간이 지나면 무뎌질 일이다. 또, 새로운 연애를 시작하면 다른 사람을 통해 다시 채워질 영역이다. 하지만 나만큼 이해해 주고, 배려해 주고, 챙겨 주고, 믿어 주고, 사랑해 주는 연인을 다시 만나는 건 꽤 힘든 일일 것이다. 그러니까 내가 잃은 건 대체 가능한 영역이지만, 그 사람이 잃은 건 대체 불가능한 영역이었다.

나는 습관을 잃은 것이고,
그 사람은 '나 자체'를 잃은 것이니까.

이별에
지다

이별에 승자와 패자가 존재한다면
승자는 빨리 잊는 사람일 것이다.
내 인생에 누가 살았는지 기억조차 안 날 정도로
깨끗이 지운 사람이 이기는 것이다.

이별은 숨바꼭질 같은 것이다. 한쪽이 꼭꼭 숨으면 다른 한쪽이 술래가 되어 숨은 아이를 찾는다. 숨는 사람은 이별에 미련이 없는 사람이고 찾는 사람은 이별에 미련이 남은 사람일 것이다. 술래는 이별이 끝날 때까지 주위를 두리번거리며 그 사람을 찾아야 하니까.

　횡단보도 앞에서 신호가 바뀌기를 기다릴 때 혹시 맞은편에 그 사람이 서 있지는 않을까. 지하철을 탈 때 그 사람이 자주 타던 노선이면 혹시 그 사람도 이 지하철을 타고 있지는 않을까. 함께 가던 식

●
사
랑
앞
에
용
기
있
었
다

당에서 밥을 먹을 때 혹시 그 사람도 이 식당으로 밥을 먹으러 오지는 않을까. 흔한 일상 속에서 숨바꼭질은 계속된다.

매일 숨바꼭질을 하다 보면 심장이 철렁 내려앉는 경우도 있다. 그 사람과 닮은 뒷모습이 눈에 들어올 때면 고통스러울 정도로 심장이 뛴다. 쿵.쾅.쿵.쾅.

'걸음을 재촉해서 얼굴을 확인해 볼까?

아니야, 그러다 정말 그 사람이면 어쩌려고.

그래도 이번에 놓치면 다시는 못 볼지도 모르는데…….'

이미 머릿속에서는 슬픈 음악이 깔린 드라마 한 편이 제작되고 있는 상태. 한 가지 확실한 사실은 술래가 더 힘들다는 것이다. 숨는 사람은 숨기만 하면 되지만 술래는 온갖 복잡미묘한 감정을 느낀다. 왜 이렇게 꼭꼭 숨었는지 원망스럽다가도 숨다가 혹시 다치지는 않았는지 걱정스럽다. 빨리 그 사람을 찾고 싶다가도 영영 못 찾았으면 하는 마음도 든다. 그러다 허공을 헤집고 다니는 내가 그저 안쓰럽게 느껴진다.

이별은 시간이 지나야 끝나는 게 아니다. 술래가 '못 찾겠다 꾀꼬리'를 외치는 순간, 비로소 끝나는 것이다. 그때가 마음속에 있던 미련이 사라지고 더 이상 숨바꼭질을 하고 싶지 않은 순간이다. 그리고 깨닫는다. 애초에 숨은 사람은 없었다는 것을. 나 혼자 숨기고, 나 혼자 찾고 있었다는 것을. 참 허무하고 기나긴 숨바꼭질이었다는 것을.

。
이 숨바꼭질에서 승자는
술래가 못 찾도록 멀리 도망간 사람도 아니고,
꽁꽁 숨은 이를 빨리 찾는 사람도 아니었다.

빨리 잊는 사람이 승자였다.
찾는 사람이 있다는 것조차, 숨은 사람이 있다는 것조차
다 잊어 버리고 사는 사람이 이별의 승자였다.

그래서 나는 이별에서 졌다.

너에게 부치지 않은
한 통의 편지

너 없으면 못 살 것 같았는데
너 없이도 살아지더라.
내 전부였던 네가 사라졌는데도 살아지다니.
참 어이가 없고 허무하더라.

시간이 꽤 지나서 그런지 나는 잘 지낼 수 있게 되었다. 너 없이는
못 지낼 줄 알았는데 그래도 꾸역꾸역 살아지더라. 시간이 약이라
는 말, 딱히 좋아하는 말은 아닌데 그 말에 기대어 정신없이 지냈다.
처음에는 현실이 꿈이고 꿈이 현실 같아서 우리가 이별했음을 계
속 부정했는데, 지금은 네가 남이 되었다는 걸 온전히 받아들이며
산다. 헤어진 지 얼마 안 됐을 때는 우리가 다시 만날 거라 생각했
다. 헤어지던 날에는 그동안 쌓인 응어리 때문에 미움이 커서 얼떨

●
사
랑
앞
에
용
기
있
었
다

121

결에 이별에 동의한 것이니, 언젠가 서로의 빈자리가 느껴질 때쯤 이면 다시 찾게 될 줄 알았다. 그래서 다시 만날 그날을 위해 열심히 살았다.

헤어진 지 석 달이 지나고, 여섯 달이 지나고, 일 년이 지나고 나니 우리가 다시 만나기에는 너무 멀리 왔다는 생각이 들더라. 너도 그렇고 나도 그렇고 다시 만날 마음이 있었다면 누가 먼저라 할 것 없이 연락했겠지. 그런데 일 년이 지나도록 연락을 망설이는 것을 보면 다른 이유 때문이라는 생각이 들었다. 나도 그랬으니까. 매일 다투고, 밑바닥까지 내려가 울고불고, 솔직히 너무 힘들었으니까. 너도 나와 같은 이유로 연락을 안 하고 있을 거라는 생각이 드니 비로소 '우리, 정말 끝났구나'라는 마침표가 찍혔다.

가끔 지인들을 통해 너의 소식을 들었다. 네가 지인들에게 헤어졌다는 말을 안 해서 아직도 우리가 만나는 줄 알고 편하게 말하더라. 너의 지인들이니 네가 알리는 게 맞는 것 같아서 나도 차마 헤어졌다는 말을 하지 못한 채 그냥 얼버무리며 대화를 주고받았다. 헤어진 지 일 년이 지났는데 왜 헤어졌다는 말을 하지 않았을까. 너에게 연락을 해서 왜 헤어졌다는 말을 하지 않았냐고 묻고 싶었다. 문자 내용을 꼭꼭 채우고 너의 휴대폰 번호를 눌렀다. 하지만 전송 버튼을 누르지 못한 채 망설이다가 결국, 메시지를 보내지 않았다. 핑계 같아서. 사실 헤어졌다는 말을 하지 않은 이유따위 궁금하지 않아도 될 문제였다. 그저 주변 사람들에게 설명하기 귀찮았거나 동정을 받기 싫어서였겠지. 그걸 알면서도 문자를 보낸다는 건 나의 뻔한 미련이라는 걸 알기 때문이다. 한때 사랑했던 사람에게 기억될 마지막 뒷모습이 미련으로 남기는 싫어서, 끝내 전송 버튼을 누르지 않았다.

너 없으면 못 살 것 같았는데 너 없이도 살아지더라. 그런데 네가 없어도 살아진다는 게 참 어이가 없어서 때로는 웃음이 나더라. 너는 내 전부였는데, 전부가 없어졌는데 살아지다니. 정말 말이 안 되는 일 아닌가. 처음부터 전부인 것처럼 사랑하지 않았나. 그 감정들은 다 거짓이었나. 아무 일 없이 살아갈 수 있는 거였다면 나는 왜 그토록 힘들어하면서도 관계를 이어가려 했었나. 사랑이란 게 이토록 보잘 것 없는 존재였나.

사랑이 아니면 다 의미 없는 거라 생각했는데 사랑 말고도 이 세상에는 의미 있는 것이 많았다. 그 사실을 깨닫고 난 후에는 아닌 걸 알면서도 끌려다니는 사랑은 할 필요가 없었다.

담담하게 이런 글을 쓸 수 있을 만큼 내 안의 너는 많이 작아졌다. 예전에는 너와 비슷한 이름만 봐도 심장이 덜컥 내려앉던 나였다. 계속 이렇게 심장이 내려앉으며 살아야 하나 걱정했는데, 괜한 걱정이었다.

너는 어떻게 지내는지 궁금하다. 뭐 하고 사는지, 하는 일은 잘 되는지, 가끔씩 내 생각은 나는지, 혹시 새로운 사랑은 만났는지. 네 옆에 나 말고 다른 사람이 있는 상상, 단 한 번도 해 본 적 없는데 이제는 그게 현실이겠구나.

。
네가 좋아하던 음악이 내 귓가에 우연히 스쳐
한동안 잊고 살았던 네가 떠올라 미련 섞인 글을 끄적였다.

연습장에 멋대로 쓴 이 글이 너에게 닿을 리는 없겠지만
그래도 혹시나 하는 마음으로 작은 별 하나를 띄운다.

오늘 밤에 별 하나가 진다면
그건 아마도 너를 향한 나의 별일 것이다.

그 별을 보고 나를 떠올려 준다면
나는 그것만으로도 충분하다.

고맙다.

사랑 앞에 용기 있었다

이별을
몰랐다면

겁 없이 사랑하던 그때가 그립다.
이별을 알아 버린 후로는
겁 내지 않고 사랑할 수 없게 되었다.
이별이 겁나니까 이젠 사랑도 겁난다.

누군가의 첫사랑이자 첫 연애 상대였던 적이 있었다. 물론 나에게 그 사람은 첫사랑이 아니었다. 나는 짝사랑도 해 보고, 연애도 해 보고, 이별도 해 봤다. 한마디로 환상이 없는 상태였다. 나도 한때는 그랬다. 사랑하는 감정은 영원할 것이라고, 내가 열심히 노력하면 헤어지는 일 따위 없을 거라고. 하지만 비참하게도 그건 사실이 아니었다. 영원한 것은 없었다. 물론, 감정도 마찬가지였다.

한때는 손댈 수 없을 만큼 뜨거웠던 사랑이 한순간에 차갑게 식
는 것을 두 눈으로 똑똑히 봤으니까. 열심히 노력한다고 이별이 오
지 않는 것도 아니었다. 한쪽만 노력하는 건 오래 버티지 못했다.

너무 아픈 나머지 누군가를 만나면서도 상처를 받지 않을 만큼
마음을 조절하는 방법을 터득해 갔다. 일부러 터득하기 위해 노력
한 건 아니었다. 그저 본능적으로 학습되었다는 게 더 정확한 표현
일 것이다. 마음이 아픈 게 싫었으니까.

하지만 마음의 거리를 조절할수록 그 연애는 안정적이었다. 거
리를 두지 않고 온 마음을 썼던 연애는 힘들었는데, 머리로 사고하
는 연애는 흔들림이 없었다. 다투는 일도 없었다.

지금까지 사랑이 마음의 영역이라고 생각해 왔다. 그래서 마음
이 시키는 일을 머리로 판단해서는 안 된다고 여겼다. 그게 문제였
을까. 지금껏 내 사랑이 울퉁불퉁했던 이유는 너무 마음만 써서 아
팠나 보다. 차오르는 마음을 삭이고 이성적으로 행동하니 연애는
잔잔한 호수 같았다. 미지근했다. 이런 연애도 나쁘지 않았다. 화낼
일도 없고 울 일도 없었다.

그런데 나를 첫사랑이라고 말하는 그 사람은 나에게 온 마음을 쏟고 있는 것 같았다. 예전의 내 모습처럼. 사랑이 지고 난 뒤의 풍경을 모르던 그때의 내 모습 말이다. 그 사람은 겁 없이 사랑에 풍덩 뛰어들었다. 그의 사랑은 생기 있어 보였다. 통통 튀었고, 맑았다. 재고 따지는 것 없이 무조건 나에게 집중했다. 그 사람의 모든 것은 나를 위한 것이었다. 부러웠다. 온 마음을 쏟을 수 있다는 것이. 그러지 못하는 나와 달리 그것을 당연한 것처럼 여기는 그 사람이 부러웠다.

。

해가 지고 난 뒤의 어두운 밤이 얼마나 고독한지 몰랐다면
사랑을 대하는 내 모습도 달라졌을까.

이미 나는 이별을 알아 버려서
사랑에 온 마음을 쏟을 수가 없는데.

나도 이별을 몰랐다면 조금은 달랐을까.

아닌 건
아닌 것

이미 떠나간 사람을 계속 마음에 담고 있으면
새로운 사람이 찾아왔을 때 마음에 담을 자리가 없다.

그만큼 아파했으면 충분하다.
이제는 새로운 행복을 맞이하자.

마음을 너무 많이 줬던 사람과 헤어진 뒤, 내 중심을 잃고 살았던 적
이 있었다. 나는 사람을 잘 못 믿고 사람의 마음은 더더욱 못 믿는
편인데, 그 사람은 믿기지 않는 것들을 믿고 싶게 만들던 사람이었
다. 누가 시킨 것도 아닌데 자꾸 마음을 주고 싶어졌다. 그런 그와의
이별은 나에게 꽤 큰 고통이었다. 처음 이별을 해 본 것도 아닌데 처
음 이별을 해 본 것처럼 헤맸다. 내 입으로 헤어지자 해 놓고 이별을
받아들이지 못했다. 주위 사람들에게 그 사람과 헤어졌다는 말조

사랑 앞에 용기 있었다

129

차 하지 않았다. 언젠가 다시 만나게 될 것 같아서. 헤어졌다가 다시 만난 사실을 알면 주위 사람들이 우리 관계를 가벼이 볼까 봐 나는 이별했음에도 이별하지 않은 척 살았다.

혼자가 되지 않은 연기는 그리 오래 가지 못했다. 힘든 마음이 티가 났는지 굳이 말하지 않아도 사람들이 나의 안부와 기분을 묻기 시작했다. 나는 헤어진 지 일 년 만에 내가 이별했음을 받아들였다. 하루는 미웠다가, 하루는 고마웠다가, 하루는 슬펐다가, 또 하루는 화가 났다가. 어느 날은 한 시간씩 감정이 요동치기도 했다. 감정이 밀물처럼 밀려왔다가 썰물처럼 쓸려 나가면 외로움에 사무쳤다. 그래, 이런 게 이별이었나 보다.

새로운 사람을 만나야겠다는 생각이 들었다. 새로운 사람을 만나 새로운 감정이 들어야 과거의 아픔이 사라질 것만 같았다. 평소에 참석하지 않던 모임도 나가고, 처음으로 누군가를 소개해 달라는 말도 꺼냈다. 이미 나는, 내가 아니었다.

새로운 사람들과 어울리니 기억해야 할 것도 많고 조심해야 할 것도 많아 내 혼을 쏙 빼놓았다. 하지만 그때뿐이었다. 사람들이 있는 그 자리, 그 시간에만 유효했다. 모든 일정이 다 끝나고 집에 들어와 불이 꺼져 있는 집 현관문을 열면 다시 제자리였다. 칠흑 같은 어둠 속에서 간간이 비집고 들어오는 불빛에 그 사람과의 기억이 한 줄기씩 새어 나왔다. 허락도 없이 새어 나오는 기억을 지우려 재빨리 형광등을 켜면 한숨이 나왔다.

아직도 나, 이별하고 있구나.

그 사람이 계속 내 곁을 맴돌고 있으니 누구를 만나든 의미 있게 다가오지 않았다. 딱 한 사람만 들어가기 좋은 공간인데, 이미 한 사람이 들어가 있으니 다른 누군가가 들어갈 수 없었다. 그 사실을 일 년 반 만에 깨달았다. 무려 12,700시간 만이었으며, 네 계절을 한 바퀴 돌고도 두 계절을 더 보내며 알게 된 사실이었다.

그래서 나는 내 마음속에서 1인분을 차지하고 있는 그를 먼저 내보내기로 했다. 지우지 못했던 휴대폰 번호, 사진, 문자 내용, 편지, 선물 등 모두 다 지우고 버렸다. 사실 그것들을 지운다고 기억이 사라지는 것은 아니지만 일단 눈앞에서 보이지 않게 하는 것이 우선이라고 생각했다.

더 이상 새로운 사람도 만나지 않았다. 내 몸을 혹사시키기 위해 죽어라 일하지도 않았다. '이별 때문에 미쳐 버린 나'를 정리하기 시작했다. 그리고 '평소의 나'를 되찾으려 노력했다. 지금까지는 '내 안에 그 사람이 있는 평소의 나'였지만 지금부터는 '내 안에 그 사람이 없는 평소의 나'를 되찾으려 했다.

마음이 한결 가벼워졌다. 그동안 마음 한구석이 무거웠는데, 더 이상 그렇지 않았다. 시간이 지나면 이별에 무뎌질 줄 알았다. 시간이 다 해결해 준다고들 하니까. 일 년이 넘는 시간 동안 정신을 놓고 살아도 시간이 해결해 준다는 말을 의심하지 않았던 건, 이별을 위한 시간이 더 필요한 줄 알았기 때문이다. 그를 많이 사랑했으니까. 많이 사랑한 시간만큼 이별할 시간도 필요한 거라 생각했다. 하지만 아니었다. 그 사람을 내 안에서 비워 내지 못하고 정처 없이 시간만 보내는 건 아무 의미 없는 일이었다.

나는 제대로 이별하지 않았던 것이다.

제대로 헤어지고 나니 주변을 둘러볼 수 있었다. 나와 가까이 있는 것이 보이자 새로운 행복들이 찾아왔다. 나를 행복하게 만드는 새로운 일이 생겼고, 나를 두근거리게 만드는 새로운 사람이 다가왔고, 나를 즐겁게 만드는 새로운 미래가 열렸다.

。

그리고 나는 현재를 살 수 있게 되었다.
이때까지는 그와 이별하지 않던 '과거의 나'로 살았는데
지금은 내일을 기대하며 잠드는 '현재의 나'가 되었다.

그 사람을 내 안에서 다 비워 내고 나서야
내 안에 무언가를 채워 넣을 수 있었다.

타인의 시선에 흔들리는 날에는

오직, 내 마음이
시키는 대로_____

언젠간
지나갈 거예요

머릿속에 작은 상자를 만들어서
그 안에 걱정을 담아 봐요.
그리고 상자의 문을 닫아요.
조금은 괜찮아질 거예요.

온갖 걱정들이 머릿속을 가득 채워 어느 것 하나에도 집중하기 힘든 날이 있다. 해야 할 일은 태산인데 걱정이 많아 이도 저도 하지 못한 채 시간이 흐르는 것이다. 시계 바늘은 움직이는데 해 놓은 일은 없고, 마음만 조급해진다.

그럴 때면 나는 마음속에 작은 상자를 하나 만든다. 그리고 그 안에 걱정을 넣는다. 찌꺼기처럼 떠도는 걱정들이 상자 속에 다 들어가면 그 문을 닫는다. 그 후에 걱정을 담은 상자를 마음 한구석에 밀어 둔다. 상자가 아직 튼튼하지 않아서 걱정들이 튀어나오려 하지만, 잠시 동안이라도 머릿속은 평화가 찾아온다.

처음에는 머릿속에 상자를 만드는 것조차 쉽지 않다. 하지만 눈을 감고 여러 번 연습하다 보면 걱정이 몰려올 때 자연스럽게 상자를 만들어 낼 수 있다.

머릿속에 작은 상자를 만드는 이유는 간단하다. 걱정은 내버려 두면 물 먹은 솜처럼 무거워지기 때문이다. 처음에는 별일 아니었던 것들이 어디선가 물을 머금고 와서 내 머릿속을 짓누른다. 몸은 하나이고 시간은 한정되어 있어서 일할 때 최대한 집중해야 하는데, 어떻게 불어났는지도 모를 걱정 때문에 나의 하루를 망치고 싶지 않다. 그래서 큰 상자도 아닌 아주 작은 상자에 걱정들을 집어넣는 것이다. 그러면 그 상자만큼 걱정의 부피가 줄어들어 해야 할 걱정과 하지 않아도 될 걱정을 골라 낼 수 있게 된다. 걱정을 아예 없애 버리는 게 아니라 잠깐 미뤄 두는 것이다. 걱정이 한번에 몰려오면 혼란스러울 테니 하나씩 천천히 문제를 풀기 위해서……

。
밤하늘에 반짝이는 별들이 보이나요.
별들이 금방이라도 내 앞으로 쏟아질 것 같지만
별은 나와 아주 멀리 떨어져 있어요.

당신의 걱정도 마찬가지예요.
걱정들이 금방이라도 당신에게 쏟아질 것 같지만
걱정이 당신을 넘어뜨리진 못해요.

해가 뜨면 별들이 보이지 않는 것처럼
시간이 지나면 걱정들도 사라질 거예요.
언제 그랬냐는 듯이, 아주 말끔히.

너무 깊이 걱정하지 말아요.
언젠간 지나갈 거예요.

한계를
극복하는 것

무언가에 부딪혀 헤매고 있지만
결국엔 출구를 찾아 나가게 될 것이다.
너무 지쳐서 바닥에 주저앉게 되더라도
당신은 툭툭 털고 다시 일어날 테니까.

오 직 내 마 음 이 시 키 는 대 로

살다 보면 내 발 앞에 아주 두꺼운 선이 그어진 것처럼 느껴질 때가
있다. '너는 딱 여기까지니까 넘어오지 마'라고 경고하는 것처럼. 누
군가는 그 선을 '한계'라고 부른다. 사람들은 나에게 한계를 뛰어넘
어야 한다고 말했다. 한계를 뛰어넘느냐 뛰어넘지 못하느냐는 능
력의 차이가 아니라 마음가짐의 차이라고. 한계를 뛰어넘지 못하
고 있는 건 마음가짐부터 틀린 거라고. 그래서 어린 시절의 나는 한
계를 뛰어넘기 위해 스스로를 채찍질했다. 마음가짐부터 틀려먹은

아이가 되기 싫어서. 하지만 노력해서 되는 것도 있지만, 안 되는 것도 분명 있다는 사실을 깨달았다. 어른들은 그 사실을 어린 나에게 알려 주지 않았다.

한계는 분명 있다. 그게 노력의 부족이든 타고난 재능의 부족이든, 한계는 존재한다. 하지만 그게 '실패'는 아니다. 이 길은 너의 길이 아니니 다른 길로 가야 한다고 알려 주는 안내판에 불과하다. 물론 내가 목표했던 바를 이루지 못해서 속상하겠지만, 희망을 꺾을 일은 아니다. 한계에 부딪칠 당시에는 세상이 다 끝난 것 같은 기분이 들지만, 한계에 다다랐다고 해서 인생이 다 어그러진 게 아니다. 인생의 길은 여러 갈래이다. 마치 미로 찾기와 같다. 당신은 세상에 태어나면서 미로의 입구에 들어서게 되었고 지금은 출구를 찾고 있는 중이다. 그리고 지금 마주친 한계는 미로의 갈래를 만났을 때 왼쪽 갈래를 선택했기 때문에 마주친 것일 뿐이다. 그럼 다시 오른쪽 갈래로 돌아가면 된다. 왼쪽 갈래를 선택한 게 당신의 실수나 잘못은 아니다. 미로의 바깥으로 벗어난 게 아니니까. 그저 당신은 미로 찾기를 충실히 해내고 있는 것뿐이다. 당신은 앞으로도 여러 갈래의 앞에 서게 될 것이다. 그리고 그 미로 안에서 헤맬 수도 있다. 하지만 출구는 반드시 있다.

。

수채화를 그릴 때 4B 연필로 밑그림부터 그린다.

하지만 인생은 밑그림을 그릴 수 없다.

매 순간의 선택이 실전이며

그 선택이 나의 미래를 결정하기 때문이다.

그래서 무언가를 선택할 때 늘 두렵기도 하다.

나의 선택이 인생이라는 그림을 망칠지도 모르니까.

하지만 괜찮다.

새로운 도화지 위에 다시 그리면 되니까.

인생은 한 번뿐이지만

인생을 그릴 수 있는 도화지가 한 장뿐인 건 아니니까.

그러니 붓을 들고 팔레트 위의 물감을 찍어라.

당신만의 색깔로,

당신만의 그림을 그리기 위해서.

풍경이 예쁜
자리로

너무 힘들어서 바닥에 닿을 듯이
고개를 푹 숙이고 있는 나에게
다 괜찮아질 거라는 말은 하지 않았으면 좋겠다.
도저히 괜찮아질 것 같지 않아서 낙담하고 있는데
안 그래도 무거운 마음에 돌을 얹는 것 같다.

너무 슬퍼서 한 바가지의 눈물을 쏟고 있는 나에게
내 아픔을 다 안다는 듯이 얘기하지 않았으면 좋겠다.
똑같은 상황이라도 사람마다 느끼는 감정의 고통은 다른데
마치 나도 그래야 하는 것처럼 틀을 만드는 것 같다.

꼭 말로 위로해 주지 않아도 된다.
세상에 나 혼자가 아닌 느낌만 주면 된다.

내가 너무 힘들어할 때는 그냥 내 옆에 앉아서
나와 함께 같은 공기를 마셔 주면 그것으로 충분하다.

바닥에 쭈그려 앉아 있는 나를
어떻게든 끄집어 일으켜 세우려 하지 말고
내가 앉기 편한 자리를 찾아 주는 게
나에게는 더 큰 위로가 된다.

이왕이면 눈앞에 펼쳐지는
풍경이 예쁜 자리로.

오직, 내 마음이 시키는 대로

혼자이고
싶지 않아

하늘이 뚫린 것처럼 쏟아지는 비도
언젠가는 그친다는 것을 안다.
그렇다면 나에게 쏟아지고 있는 불행도
언젠가는 그치겠지.

누군가 나에게 잘 지내냐고 안부를 묻는다면 나는 잘 지내지 못한다고 말하고 싶다. 혼자 맞는 비는 너무 아프고, 외롭고, 슬프다. 그저 원망스러울 뿐이다. 우산 하나 갖고 있지 않은 나에게 왜 이렇게 비를 뿌려 대는 것인지. 가만히 내버려 둬도 사는 게 힘든데 왜 절망만 안겨 주는 것인지. 이해할 수 없어서 원망스럽다.

내리는 빗물이 너무 차가워 지독한 감기에 걸리고 말 것이다. 똑바로 설 수가 없다. 나는 나약하기 때문이다. 그 흔한 감기에도 열이

펄펄 끓어 떨리는 몸을 주체할 수가 없다. 참 억울하다. 신은 인간이 감당할 수 있는 만큼의 고통을 준다던데, 신이 나를 과대평가한 게 아닐까. 나는 이 정도의 고통을 감당할 수 있는 인간이 아니다. 재채기 한 번에도 심장이 쿵 내려앉고 콧물이 조금만 차도 숨 쉬기가 어렵다.

나는 아주 약하고, 약하고, 약하다.

그러니 부디 비가 내리지 않았으면 좋겠다. 나에게는 비를 막아줄 우산이 없다. 비를 맞아도 견딜 수 있을 만큼 단단하지 않다. 서럽다. 서러워서 눈물이 난다. 힘든 일이 닥치면 다들 기댈 곳 하나씩은 있다고 하는데, 나는 그 흔한 기댈 곳 하나가 없다.

어떤 사람은 우는 게 눈치 보여서 울지도 못한다고 하는데, 나는 눈치 줄 사람도 없다. 아무리 울어도 아무도 신경 쓰지 않는다. 볼을 타고 흐르는 것이 빗물인지 눈물인지 아무도 궁금해하지 않는다. 시리도록 차가운 비를 다 맞고 있는 미련한 사람으로 보일 뿐이다. 눈앞이 희뿌옇다. 덜 마른 그림 위에 물방울을 떨어뜨리면 도화지에 물감이 퍼지는 것처럼 온 세상이 내 눈물로 번진다. 따뜻한 눈물방울이 눈가에 맺히면 차가운 빗물과 만나, 볼에는 미지근한 물줄기가 타고 흐른다. 그것이 나의 울음일 것이다. 서러워서 터져 나온 울음일 것이다.

내가 울어서 비가 내리는 것인지 비가 내려서 내가 우는 것인지 모르겠다. 하지만 속 시원히 울고 나면 하염없이 내리는 이 비가 그치길 바란다. 비가 내릴 때마다 나에게는 우산이 없다는 사실이 더욱 선명해지기 때문이다. 비가 내리지 않으면 우산을 갖고 싶어 하지 않아도 되는데 비가 내리면 우산이 갖고 싶어지니까 괴롭다. 우산을 아무리 갖고 싶어 해도 우산을 가질 수 없으니까 괴롭다. 그러니 제발 비가 내리지 않았으면 좋겠다.

언젠가는 이 비가 그칠 거라는 것을 안다. 비가 그치면 지독한 감기가 나을 거라는 것도 안다. 행복이 영원하지 않듯이 불행 또한 영원하지 않기 때문이다. 비가 그치고 감기가 나으면 더 좋은 세상이 나를 맞아 주었으면 좋겠다. 혼자서 비를 맞지 않아도 되는 그런 세상이 선물처럼 주어졌으면 좋겠다. 비바람이 불고 태풍이 덮쳐 와도 내가 버틸 수 있었던 이유는 그것 하나였다. 한 줄기의 희망 덕분이었다. 고생만 시키지는 않겠지. 힘든 삶만 살다 가지는 않겠지. 좋은 날이 올 거라는 희망 하나만으로 버티고 버텨 온 세월이었다. 희망마저 없었다면 살 이유가 없었을 것이다.

。

아, 그렇다면 소망을 바꿔야겠다.
비를 내리지 말아 달라고 바라는 것이 아니라
혼자서 비를 맞지 않아도 되는 세상을 달라고 바라야겠다.

나는 비가 싫은 게 아니라
혼자서 비를 맞는 게 싫은 거니까.

힘든 삶이 비처럼 그치고
아픈 마음이 감기처럼 나았으면 좋겠다.

더 이상 혼자이고 싶지 않다.

당신이 좋은
이유

네가 점점 좋아지기 시작하던 순간부터
걱정이 되기 시작했어.
너는 나를 마냥 밝고 긍정적이고
씩씩한 아이로만 생각하고 있는 것 같았으니까.

사실 그건 내 모습의 일부였어.
남들에게 내 그늘을 보여 주고 싶지 않아서
노력으로 만들어 낸 가면이었어.
나는 꽤 어둡고 부정적이고 상처가 많은 사람이야.
우리 가족은 화목하지 않았고, 가난했어.
사람에게 데인 적도 많았지.
그래서 내 마음은 날이 서 있어.
누구라도 나를 해치려고 하면 그걸 밀어내기 위해서
완전 무장을 하고 있는 거지.
내가 자라오면서 상처받는 동안
그 누구도 나를 지켜주지 않았어.

그때부터 내가 나를 지키지 않으면
아무도 나를 지켜 주지 않는다고 생각했고,
나는 강해질 수밖에 없다고 다짐했어.
그렇게 늘 신경을 곤두세우고 살다 보니
내 성격은 예민해지고, 부정적이 되어 버렸지.

이 애기를 너에게 꼭 해야겠다는 생각이 들었어.
나에 대한 네 마음이 커지기 전에,
그리고 너에 대한 내 마음이 커지기 전에.
네가 겪지 못한 내 모습을 말해 주니
너는 이렇게 말했어.

"그런 것 같았어요. 짐작하고 있었어요.
하지만 괜찮아요. 나도 그런 걸요.

우리 가족도 화목하지 않았고, 가난했고,
어두운 마음으로 보내던 시절이 있었어요.
나도 나를 지키기 위해서 악착같이 살았어요.
그러다가 당신을 만난 거예요.
나도 내 얘기를 언제쯤 꺼내야 하나 고민하고 있었는데,
먼저 용기 내 줘서 고마워요.
혹시 내가 싫어진 건 아니죠?"

너의 말을 듣는 순간 왈칵 눈물이 쏟아지더라.
안심의 눈물이었어.
너에게 미움받지 않을 수 있다는 사실이 반가워서.
사실 얘기를 꺼내기 전에 좀 두려웠거든.
네가 나에게 실망하고 미워하다가 떠날까 봐.

그런데 너는 그러지 않았어.
오히려 따스하게 안아 줬지.
그런 것쯤 아무것도 아니라며 나를 다독여 줬지.

네가 물었지. 혹시 네가 싫어진 거 아니냐고.
아니, 그럴 리가. 네가 더 좋아졌는걸.
아파 본 사람은 아픈 사람의 마음을 안대.
우린 둘 다 아파 본 사람이니까
서로의 그늘을 이해해 줄 수 있을 거야.

조그마한 상처에도 왜 펑펑 울어야만 했는지,
살짝 건드린 것뿐인데 왜 깜짝 놀라 뒷걸음질 치는지,
아직 일어나지도 않은 일인데 왜 겁부터 먹고 불안해하는지.
아파 보지 않은 사람들은 이해하지 못하는 영역을
우리는 서로 이해해 줄 수 있을 거야.
설령 이해하지 못한다 하더라도 오해는 없을 테니까.
일일이 설명하지 않아도 기분을 짐작할 수는 있을 테니까.

나는 네가 아파 본 사람이라서 좋아.
구겨지고 흉 지고 덧난 마음이라서 좋아.
상처가 닮아서 좋아.

마음도 충전이 필요해

휴대폰 배터리를 충전하는 것처럼
사람의 마음도 충전해야 한다.

휴대폰은 꺼질까 봐 보조 배터리까지 들고 다니면서
사람의 마음은 왜 미리 충전하지 않을까.

오직 내 마음이 시키는 대로

앞만 보고 달려왔다. 열심히 하지 않는 법을 몰라서 열심히만 했다. 그러다 보니 여기까지 와 버렸다. 다 지쳐서 금방이라도 쓰러질 것 같은 상태. 그렇게 힘이 들면 쓰러져 버리면 되는데 마음대로 쓰러지지도 못했다. 이대로 쓰러지면 지금까지의 노력이, 밤잠을 설쳐 가며 쌓아 온 나의 노력이 다 무너질 것만 같았으니까. 그래서 배터리가 방전되어 가고 있는데도 멈추지 못했다. 계속, 계속 앞으로 달렸다.

그러다 내 발목에 제동 장치가 걸렸다. 타인에 의한 멈춤이었다. 내 힘으로 어찌할 수 있는 상황이 아니라서 그저 흘러가는 시간에 일상을 맡기기로 했다. 한 달 내내 잠만 잤던 것 같다. 깨어 있는 시간보다 잠들어 있는 시간이 더 길었다.

그러고 나서 한 달 뒤, 신기하게도 무엇이든 새롭게 시작하고 싶어졌다. 이전에는 아무것도 하기 싫고 무료하고 재미없었는데, 지금은 온몸이 간지러워서 그냥 누워 있을 수가 없었다. 바닥을 짚고 다시 일어날 힘이 생긴 것이었다. 생기가 돌았다. 내 몸이 이렇게 개운했던 적이 있었나. 이것 저것 돌아보며 나만의 일을 다시 찾기 시작했다. 지금까지의 나를 지우고 새로운 내가 되었다. 늘 무표정하게 있었는데, 활기차게 일하는 내 모습을 보고서야 깨달았다.

그동안 충전할 시간이 필요했다는 것을.

내가 이토록 무기력했던 이유는, 일이 재미없어서가 아니라 중간 중간 배터리를 충전하지 않고 계속 사용만 했기 때문이었다. 일을 하려면 에너지가 필요한데, 일을 하기 위해 쉬지 않고 에너지를 쓰게 되는 모순된 상황이 나를 지치게 만들었다.

°
자동차가 움직이려면 기름을 넣어야 하고
휴대폰을 사용하려면 배터리를 충전해야 한다.
보일러를 돌리려면 물을 보충해야 하고
샤프를 쓰려면 샤프심을 넣어야 한다.

사람의 마음도 마찬가지다.
쓰기만 하면 안 된다.
쓴 만큼 채워 줘야 한다.
중간 중간에 채워 주지 않으면

모든 게 다 꺼져 버린다.

오직, 내 마음이 시키는 대로

평범한
사람

우리는 조금씩 빈틈을 가지고 산다.
모든 면에서 완벽할 수 없다.
그러니 도움이 필요하면 도와 달라고 해도 된다.

모든 것을 잘하려고 애쓰지 않아도 된다.

완벽한 사람이 되고 싶었다. 누군가에게 신세를 지면 그 신세를 언젠가는 꼭 갚아야 할 것만 같아서 마음의 빚을 지는 게 불편했다. 나는 빚을 갚을 능력이 없었기에 그럴 바에야 빚을 져야 하는 상황을 만들지 말자 다짐했었다. 그래서 생각해 낸 방법 중 하나가 바로 내가 완벽한 사람이 되는 것이었고, 또 다른 하나는 만족스럽지 못한 순간이 오더라도 그 나름대로 만족하며 사는 것이었다. 완벽한 사람이 되면 누군가에게 빚질 일도 없을 테고, 어느 순간이든 스스로 만족한다면 누군가에게 부탁할 일 따위 없을 테니까. 늘 그 두 가지를 상기하며 살아왔다.

인생은 참 얄궂다. 사람은 완벽해질 수 없고, 그냥 이대로 만족하며 살자고 수백 번을 다짐해도 그렇지 못한 순간들이 생기니 말이다. 그래서 스스로에게 화가 나는 순간들도 늘어 갔다. 만족을 못할 거면 완벽해지든가, 완벽해지지 못할 거면 만족을 하든가. 이러지도 저러지도 못하는 내가 욕심쟁이처럼 느껴졌다. 고속도로 분기점 앞에서 헤매는 모양. 방향을 정하지 못한 채 고뇌하는 나에게 누군가 말했다.

"도움이 필요하면 연락해.
내가 도울 수 있는 데까지는 도울게."

내가 부탁하지 않았는데 먼저 손을 내밀어 주었다. 그런 고마운 상황에서도 고민은 계속되었다. 이 도움을 받아도 되는 걸까, 도움받은 만큼 내가 다시 되돌려 줄 수 있을까…….
이런저런 온갖 고민이 머릿속을 헤집고 있을 때, 그 사람이 내 손을

덥석 낚아챘다. 그렇게 자의가 아닌 타의로 도움을 받게 된 것이다.

그런데 도움을 받는다는 것이 나쁘지 않았다. 그 사람이 도움을 준 만큼 내가 열과 성을 다하면 되었고, 시간이 지나면서 나도 그 사람에게 도움을 줄 일이 생겼다. 도움이란 것이 꼭 능력이 뛰어나야 베풀 수 있는 게 아니었다. 굳이 특별할 필요도 없었다. 우산을 가져오지 않은 사람을 위해 버스 정류장까지 우산을 들고 나가는 것도 비를 맞고 있는 사람에게는 큰 도움이 되는 것이니까. 애초에 사람은 서로를 돕기 위해 맞물려 가는 존재라는 생각도 들었다. 도움을 받는 일이 빚지는 게 아니라 봄, 여름, 가을, 겨울이 오고 다시 봄이 오는 것처럼 자연스럽게 돌고 도는 일인 것 같았다. 완벽한 사람은 누군가에게 도움을 받지 않는 사람이 아니라, 힘들고 어려울 때 도움을 청하는 사람이었다.

。

우리는 서로 다른 빈틈을 갖고 있는 사람이다.
그래서 조금 더 가지고 있는 사람이
조금 덜 가진 사람을 채워 주며 살아야 한다.

도움이 필요하면 도움을 받고 살아도 된다.
나중에라도 꼭 갚을 일이 생긴다.
내가 받은 도움을 잊고 살지만 않으면 괜찮다.

그러니 도움이 필요하면 도와 달라고 해도 된다.
잘해 보려고 노력했는데 잘 안 된다고,
그러니 나를 조금 도와 줄 수 있느냐고.
모든 것을 잘하려고 하지 않아도 괜찮다.

우리는 모두 그저 평범한 사람이니까.

당신의 마음에 비가 내릴 때
내가 떠오르기를

비가 억수같이 내리던 날
내 머리 위에 우산을 씌워 준 사람이 있었다.
그날 이후로 나는
사람들에게 우산 같은 존재가 되기로 했다.

하필이면 일기 예보를 확인하지 않고 나온 날이었다. 한 시간 뒤면 집에 가야 하는데 비가 쏟아지기 시작했다. 딱 봐도 금방 그칠 비는 아니었다. 하늘은 이미 자신의 우중충한 기분을 한껏 뽐내고 있었다. 근처에 아는 사람도 없고 누군가에게 데리러 오라고 하기에는 너무 먼 거리라, 창문 밖만 하염없이 바라보았다.

볼일이 끝나고 집에 가려고 하는데 도저히 밖으로 나갈 엄두가 나지 않았다. 바깥쪽으로 손바닥을 펴보니 빗방울이 손바닥을 뚫을 기세로 떨어졌다. 지하철역까지 이 비를 다 맞고 가면 꿉꿉한 비 냄새와 찝찝한 옷의 감촉을 느끼며 두 시간 이상 가야 하는 상황이 었다. 하필 주변에 편의점도 없어서 우산을 살 수도 없었다. 대책 없이 발만 동동 구르고 있는데, 한 여자가 다가와 나에게 말을 걸었다.

"혹시 우산 없으세요?
지하철 타시는 거면 역까지 같이 가실래요?"

생각하지도 못했던 친절에 어벙한 표정을 지으며 "아, 정말 감사합니다"라고 대답했다. 평소 같았으면 괜찮다고 거절했을 텐데, 대답을 선택할 수 있는 상황이 아니어서 호의를 덥석 받았다. 모르는 사람과 함께 걷는 게 어색해서 아무 말이나 주고받았다. 몇 호선을 타는지, 어디까지 가는지……. 다행히도 질문이 다 떨어졌을 때쯤 지하철역에 도착했고, 타는 방향이 반대쪽이라 지하철 개찰구에서 헤어졌다. 그 짧은 시간에 감사하다는 인사를 다섯 번 정도 하고 머리를 열 번 숙였던 것 같다.

지하철 의자에 앉으니 마음도 푹 내려앉았다. 만약 그분을 만나지 않았다면 지금 내 꼴이 어땠을지 상상했다. 그분 덕분에 화를 피했다는 생각에 기분이 좋아졌다. 오늘 하루의 피로가 싹 풀리는 기분이었다. 곤란한 상황에서 적절한 도움을 받으니 사람과 사람이 함께 살고 있다는 느낌을 받았다.

사람은 이렇듯 아주 사소한 일에 위로를 받는다. 위로라고 하면 크고 대단한 것인 줄 알았는데, 아주 작은 것이라도 상대방이 필요한 것을 채워 주면 그게 바로 위로가 되기도 한다.

。
우산 같은 존재가 되기로 했다.
누군가의 마음에 비가 내릴 때 떠오르는 사람이 되기로 했다.

비를 그치게 할 수는 없지만
비를 막아 줄 수는 있으니,
나는 앞으로 우산이 되기로 했다.

누군가에게 위로가 될 수 있는
아주 큰 우산이 되기로 했다.

슬퍼서
슬프다

슬픔은 언제 찾아오든 아프다.
나이가 적다고 해서 더 슬프거나
나이가 많다고 해서 덜 슬프지 않다.
슬픔은 그 존재만으로도 아프다.

슬픔은 때로는 어렵고, 괴롭다. 마음에 돌을 얹어 놓은 것처럼 무거워서 고개를 들 수 없게 만든다. 또 경사가 급한 오르막길을 오르는 것처럼 힘들어서 가벼이 넘길 수 없다. 반면 행복은 모든 것을 느끼게 한다. 좋은 향기를 맡으면 좋은 향기를, 좋은 음식을 먹으면 좋은 음식을, 좋은 풍경을 보면 좋은 풍경을 있는 그대로 느낀다. 모든 감정에 색을 담는다.

하지만 슬픔에는 색이 없다. 좋은 향기도, 좋은 음식도, 좋은 풍경도 다 바래진다. 슬픔이란 그런 것이다. 슬픔이 찾아오면 당황스럽다. 나이가 들수록 마냥 슬퍼할 수 없기 때문이다. 어른이 되어야 한다는 책임감이 더해진 뒤부터 내가 가장 먼저 배운 말은 '괜찮다'였다. 괜찮다는 한 마디에 모든 게 괜찮아져야 하는 게 어른처럼 느껴졌다. 어른들은 세상 앞에서 슬픔을 감추며 사는 것처럼 보였다. 슬프지 않을 리 없는데 내색하지 않는 모습을 보며 '저게 어른이구나' 싶었다. 그래서 나도 아무리 슬퍼도 아무렇지 않게 일상생활을 하고, 주위 사람들을 걱정시키지 않기 위해 웃으며 지냈다. 언제 그런 일이 있었냐는 듯이 밝고 씩씩하게. 그게 어른이라고 하니까.

사람들이 가장 많이 하는 오해가, 한 번 겪은 슬픔을 다시 겪으면 슬프지 않을 거라는 생각이다. 어쩌면 그래서 나이가 들수록 상처를 덜 받는다고 여길지도 모르겠다. 하지만 슬픔은 몇 번을 겪어도 똑같이 슬프다. 수백 번을 겪어도 아프다.

다만, 첫 슬픔에는 그걸 감추는 방법을 몰라 티가 났다면, 그 다음에는 점차 슬픔을 감추는 법을 배워 티 나지 않는 것뿐이다. 어른이라고 해서 심장에 강철이 둘러져 있는 건 아니다. 오히려 더 여리

오직 내 마음이 시키는 대로

면 여려졌지 더 단단해지지는 않는다. 슬픈 상황에서는 누구나 슬프다. 슬픔을 얼마만큼 숨길 수 있느냐에 따라 그 정도가 달라 보일 뿐이다.

○
오늘 슬퍼하면 내일에 지장이 생기니
빨리 마음을 수습하려는 모습이 슬프다.

내일로 미루고, 다음 달로 미루고, 내년으로 미루고
시간에 묻혀서 슬픔이 사라지는 게 슬프다.

슬퍼할 시간이 없다는 게 슬프다.
슬퍼할 여유조차 없다는 게 슬프다.

누군가를
미워하는 일

미워하지 말자.
아무리 미워도 미워하지 말자.

겨우 그 정도인 사람 때문에
감정을 소모할 필요 없다.

의도했든 의도하지 않았든 우리는 누군가에게 상처를 받고, 또 누군가에게 상처를 주기도 한다. 상처를 주면 상처를 받을 수밖에 없다. 던지는 돌은 피하면 되지만, 귀에 꽂히는 말과 눈에 담기는 행동은 피하고 싶다고 해서 피할 수 있는 게 아니다. 그래서 상처를 받지 않는 건 내가 어찌 할 수 있는 영역이 아니다.

하지만 상처를 받더라도 미워하지 않는 건 내가 다룰 수 있는 영역이다. 상처를 증폭시키는 건 '미움'이다. 나에게 상처 줬던 일을 계속 떠올리고 미워하다 보면, 손톱만 했던 상처가 눈덩이처럼 불어난다. 그 사람이 줬던 상처는 어쩌면 금방 녹아 없어질 만큼 조그마한 눈꽃이었는데, 거기에 내가 미움을 얹어서 커다란 눈덩이로 만들었을 수도 있다. 그래서 상처받았던 일과 비슷한 상황만 맞닥뜨려도 집채만 한 눈덩이가 날아와 내 가슴을 친다.

누군가가 아무리 미워도, 미워해서는 안 된다. 미움은 해롭다. 미움은 성격을 삐뚤어지게 하고, 가치관을 망쳐 놓고, 마음을 좁게 만든다. 결국은 내 손해이다. 그 못난 사람 때문에 나를 망치는 것이다. 미움에서 벗어나야 한다. 겨우 그런 사람 때문에 나를 망치면 안 되기 때문이다.

미움의 대상을 용서하라는 의미가 아니다. 그저 미워하지 말라는 의미이다. 그 사람을 생각 위에 올려놓고 자꾸만 뒤적거리면 손길이 닿는 곳마다 상처만 남길 뿐이다. 마음에 흉터가 남으면 예전에 겪은 상처와 비슷한 일이 스치기만 해도 심장이 요동친다. 심장이 쿵, 쾅, 내 가슴을 칠 때마다 고통을 느낀다. 그 고통을 피하고 싶어서 미움의 대상이 그어 놓은 틀 안에서 살게 된다. 넓어지는 게 아

니라 좁아지게 되고, 자유로워지는 게 아니라 옭아매게 된다. 상처
받는 게 두려워서 작디작은 존재가 되려고 움츠러든다. 그 나쁜 사
람 때문에.

○

나는 소중한 사람이다.
내가 소중한 사람이기에 그 사람을 미워해선 안 된다.
미움은 나를 망가뜨릴 뿐이다.

나는 이 세상에 열심히 피워낸 꽃이다.
좋은 물과 좋은 공기와 좋은 햇볕만 받고 자라도
부족할 만큼 귀한 꽃이다.

그러니 나를 위해서 살아야 한다.
자신을 조금 더 소중히 여겨도 된다.

나는 충분히 그럴 만한 사람이니까.

어제보다
오늘 더

어제보다 오늘 한 뼘 더 자랐다면
충분히 잘하고 있는 것이다.
그 한 뼘이 모여 큰 나무가 될 테니까.

내가 지금 잘하고 있는지 알 수 있는 정확한 지표가 없어서 현재에
만족해도 될지 아니면 허리띠를 더 졸라매야 하는지 종종 헷갈린
다. '잘된 것'과 '잘하고 있는 것'은 엄연히 다르다. 잘된 것은 목표하
던 바를 이루어서 결과물을 사람들에게 보여 줄 수 있고, 세상으로
부터 내 능력을 인정받을 수 있는 상태이다. 하지만 잘하고 있는 것
은 목표하는 바를 이루기 위해서 차근차근 준비하고 있는 과정이
다. 딱히 보여 줄 것도 없고 내가 인정받을 수 있을지 확신할 수도

없다. 그래서 '잘하고 있는 것'은 실제로 내가 잘하고 있어도 늘 불안함을 동반한다.

그러니까 '아직 부화하지 않은 알'인 셈이다. 불투명한 껍질로 둘러싸인 상태이며 내가 부화를 할 수 있을지, 부화를 한다면 무엇으로 나올지 아무도 모른다. 아무것도 모르기에 마냥 기뻐할 수도 없고, 마음 놓고 쉴 수도 없다. 사람은 불안한 상황에 놓이면 마음이 사시나무처럼 떨리기에 어느 한곳에 정착하지 못한 채 왔다 갔다 한다. 하루는 이게 맞는 것 같다가도 다음 날에는 이게 아닌 것 같고, 또 하루는 내가 잘하고 있는 것 같다가도 다음 날에는 지구상에서 내가 제일 뒤처진 것 같은 기분이 든다. 차라리 아예 긍정적이거나 아예 부정적이거나 둘 중에 하나만 하면 괜찮은데, 긍정적이었다가 부정적이었다가를 반복하니 마음이 온전하기가 어렵다.

그래서 잠이 안 온다거나 식욕이 없다거나 심장이 너무 쿵쾅거린다거나 우울하거나 무기력하거나 하는 증상들이 '잘하고 있는 사람'에게 더 잘 나타난다. 열심히 노력하고 있는데 이렇다 할 성과는 없으니 말이다.

잘하고 있지 않은 사람은 불안할 수조차 없다. 최선을 다하지 않으면 실패가 두렵지 않기 때문이다. 실패가 두려운 이유는, 온갖 시간을 쪼개 가며 있는 힘껏 노력했는데 원하는 결과가 나오지 않으면 속상하다는 걸 알기 때문이다. 실패하고 싶지 않은 것과 실패가 두려운 건 다르다. 실패하고 싶지 않은 마음은 대부분의 사람들이 가지고 있는 마음이고, 실패가 두려운 마음은 잘하고 있는 사람들이 가지고 있는 마음이다. 그 차이는 실패를 두려워해 본 사람만이 구분할 수 있다. 만약 내가 실패를 두려워하고 있다면 그건 아마도 내가 잘하고 있다는 증거일 것이다.

내가 잘하고 있는지 못하고 있는지 꼭 기준을 세워야만 마음이 진정될 것 같으면 '어제'를 기준으로 삼아 보는 것도 좋다. 어제 틀렸던 문제를 오늘 다시 풀었을 때 맞았는지, 어제는 못 참고 화냈던 상황을 오늘은 침착하게 해결해 나갔는지, 어제는 조금 게으르게 보낸 시간을 오늘은 알차게 보냈는지, 이보다 더 사소한 일이라도 좋다. 어제보다 오늘이 더 나았다면 당신은 충분히 잘하고 있는 것이다.

사실 그건 엄청난 일이다. 엄마의 뱃속에 있을 땐 1센티미터도 안 되는 수정란이었다가 조금씩 조금씩 자라서 지금의 키가 되었다. 긴 세월 동안 1센티미터씩, 아니 그보다 더 작은 단위로 자라다가 지금의 키가 된 것이다. 키는 보통 20대 초반이 되면 성장이 멈추지만 인생은 아니다. 100년을 산다고 가정했을 때 지금 내 나이는 이제 막 걸음마를 뗀 아기일 뿐이다. 지금 당장은 1센티미터씩 자라는 키가 눈에 띄지 않겠지만, 나중에 뒤를 돌아보면 그 1센티미터가 모이고 모여서 내가 성장할 수 있었음을 느낄 것이다.

○

내가 잘하고 있는지 못하고 있는지 모르는 것이 당연하다.
성장이 끝난 게 아니라 성장하는 중이니까.
어제보다 오늘을 더 잘 보냈다면
충분히 잘하고 있는 것이다.
그러니 의심하지 말고 가야 할 길을 가면 된다.

그 길의 끝에는 꽃 한 송이가 놓여 있을 것이다.

오직 내 마음이 시키는 대로

하나도
모르겠다

가끔씩 아무도 없는 곳으로
도망치고 싶을 때가 있다.

아무도 나를 찾지 못하게 숨어 버리고 싶다.
나 혼자 덩그러니 남겨진 시간들이 무섭다.

혼자 있고 싶으면서도
혼자가 되는 게 두렵다.

밤이 찾아오지 않았으면 좋겠다.
일에 치여서 정신없이 지나가는 낮이 좋다.

꼬리에 꼬리를 무는 생각 때문에
잠을 쉽게 이루지 못한다.

무슨 걱정이 그리도 많은지
마음고생을 사서 하는 것 같다.

겉으로는 아무렇지 않은 척
웃으며 살아가야 하는 게 버겁다.

나의 이런 암울한 모습을
다른 사람에게 보이는 건 싫다.

내가 어찌 해야 하는지
하나도 모르겠다.

마음이 보이면
얼마나 좋을까

마음을 볼 줄 아는 건
그다지 중요한 일이 아니었다.
보이는 마음을 얼마나
편견 없이 대할 수 있느냐가 중요한 것이었다.

어느 여름, 가평으로 놀러간 적이 있었다. 내가 묵는 펜션의 한 구석에 하얀 스피츠가 묶여 있었다. 나는 개를 좋아하면서도 개를 무서워했다. 동물은 자신이 마음에 들지 않을 때 대화로 푸는 게 아니라 공격을 하니까 항상 조심해야 한다는 생각 때문이었다. 하지만 개가 너무 귀여워서 가까이 다가가 보고 싶은 마음이 들었다. 한 발자국씩 천천히, 그 아이가 놀라지 않도록 천천히 다가갔다. 내가 다가가도 그 아이는 짖지 않았다. 짖었으면 바로 돌아갔을 텐데 나와 눈을 계속 마주치고 있었다. 하지만 꼬리를 흔들지는 않아서 만지는 건 조금 두려웠다. 사나운 눈을 가진 아이는 아니었지만, 꼬리를 흔들지 않는 걸 보니 나를 경계하는 것처럼 느껴졌다. 그 아이의 이름은 '하루'였다. 나는 하루와 15분 정도 눈인사만 하다가 방으로 돌아왔다.

다음 날 아침이 되어 자전거를 타려고 나가는 중에 하루가 눈에 띄었다. 마침 주인아저씨가 계시길래 하루가 혹시 물지는 않는지 물어봤다. 주인아저씨는 물지 않는다고 말했다. 순간, 그 질문을 한 내가 너무 웃겼다. 무는 개, 물지 않는 개를 확실하게 구분할 수 없을 뿐더러, 하루는 주인아저씨를 물지 않을 테니까 너무나도 뻔한 질문을 한 셈이다. 아마 주인아저씨는 이때까지 하루에게 물린 펜션 손님이 없다는 의미로 말씀해 주셨겠지만 어쩌면 내가 하루의 물림 대상 1호가 될 수도 있을 테니, 여전히 나에게 하루는 경계해야 할 대상이었다.

잠시 자전거를 두고 하루에게 다가갔다. 그래도 어제 한 번 봤다고 제법 꼬리를 흔들어 주었다. 하지만 나는 그 꼬리를 믿지 못했다.

내 손을 한 번 물어 보고 싶은 마음에 꼬리로 유혹하는 거라 생각했다. 하루와 계속 대화를 시도했다.

"하루야, 나는 너를 만져 보고 싶은데, 네가 나를 물까 봐 무서워. 혹시 나를 물 거야? 물 거면 미리 신호를 좀 해 줄래? 그럼 그냥 갈 테니까……."

하루는 나를 멀뚱멀뚱 쳐다봤다.

"그래, 너를 무서워하는데 자꾸 만지려고 시도하는 내가 우습겠지. 그 마음 충분히 이해하는데, 네가 너무 귀여워서 그래."

여전히 하루는 나를 멀뚱멀뚱 바라보기만 했다.

의사소통이 될 리가 없지, 하는 생각에 일어나려는데 신고 있던 샌들이 밀려 몸이 살짝 앞으로 기울어졌다. 다행히 앞으로 넘어지진 않아서 하루에게 돌격하지는 않았지만 마음만 먹으면 나를 물 수 있는 충분한 거리였다. 하지만 하루는 여전히 '쟤는 왜 저래?' 하는 표정으로 나를 바라보고 있었다. 그때 나는 하루에 대한 믿음이 조금씩 자랐던 것 같다. 왼손을 불끈 쥐고, 손등을 하루의 코끝에 가져다 대려고 다가갔다. 천천히, 아주 천천히.

그러자 하루는 손 냄새를 킁킁 맡기 시작했다. 하루가 냄새 맡는 걸 멈추자 손을 살짝 펴서 머리를 쓰다듬어 주려 했다. 그러자 하루는 눈을 감고 내 손을 받아들였다.

조금 미안한 마음이 들었다. 어쩌면 하루의 꼬리는 진심이었을지도 모른다. 나와 빨리 친구가 되고 싶어서 온 힘으로 꼬리를 흔들며 자신의 마음을 표현한 것이었을 수도 있다. 하지만 나는 하루의 마음을 믿지 못하고, 나를 물기 위한 속셈으로 여겼다. 만약 샌들 때문에 내가 비틀거리지 않았다면 아마 펜션을 떠날 때까지 하루와 교감하지 못했을 것이다.

。
나는 인간관계가 힘이 들 때마다
'사람의 마음이 보이면 얼마나 좋을까'라는
불가능한 소망을 품곤 했다.
보이면 다 믿을 수 있을 것 같았으니까.

하지만 하루에게 다가가지 못한 나를 보고 나니
막상 사람의 마음이 보인다 하더라도
나는 또 의심할 거라는 생각이 들었다.
나를 속이기 위해서 거짓을 보여 주는 거라고
생각할 것이기 때문이다.

진심을 진심으로 봐 주지 않으면서
모두가 나에게 진심이기를 바라는 것 자체가
욕심일지도 모른다.

보는 사람의 마음이 편견으로 가득 차 있는데
보인다 한들 무슨 소용이 있을까.

나무젓가락을
쪼개는 것

꽃 한 송이를 피워 내는 데도 과정이 필요하다.
흙을 일구고 씨를 뿌리고 거름을 주는 것처럼
절대적인 시간이 필요하고 그 순서도 중요하다.

그러니 눈앞에 결과가 없다고, 조급해하지 않아도 괜찮다.

인생은 나무젓가락과 비슷하다. 나무젓가락을 반으로 쪼갰을 때 깔끔하게 쪼개지는 경우가 있는가 하면 엉성하게 쪼개지는 경우도 있다. 나무젓가락이 정확히 반으로 쪼개지면 반찬을 집기 쉽지만, 한쪽으로 치우쳐 모나게 쪼개지면 젓가락질하는 데 불편함을 느낀다. 우리가 살아가는 순간순간이 나무젓가락을 쪼개는 과정이었다. 그래서 어떤 경우에는 한 번에 잘 쪼개서 편하게 젓가락질을 하고, 또 어떤 경우에는 삐뚤고 가시 돋히게 쪼개서 버려야 했다.

내 모든 선택이 나무젓가락을 쪼개는 것과 다르지 않다는 느낌을 받았을 때 조금 허탈한 기분이 들었다. 아무리 열심히 한 일도 어긋날 때가 있고, 많은 노력을 하지 않았음에도 소 뒷걸음질 치다가 쥐를 잡은 것처럼 좋은 결과를 얻은 적도 있기 때문이다. 노력과 결과가 항상 정비례하지 않는다는 사실이 나를 무기력하게 만들었다. 하지만 시간이 흐르고 나니, 인생의 의미는 나무젓가락이 쪼개진 모양에 있는 게 아니라, 나무젓가락 자체에 있다는 것을 알게 되었다. 잘 쪼갰느냐 잘 쪼개지 못했느냐가 아니라, 내가 나무젓가락을 손에 쥐고 쪼개기 위해 힘을 썼다는 것 자체에 의미가 있었다. 나무젓가락을 얼마나 잘 쪼갰는지는 그 다음 문제였다.

대학 시절 이력서에 한 줄이라도 더 채워 넣으려고 다양한 분야에 도전한 적이 있었다. 디자인을 할 줄 알면 좀 더 유리하다는 말에 디자인을 공부해서 공모전에도 나가고, 프로그래밍을 할 줄 알면 더 경쟁력을 가질 수 있다는 말에 프로그래밍을 공부해서 대외 활동에 참여했다. 어떤 일을 하든 마케팅을 잘해야 한다고 해서 마케팅 공부도 했고, 아무리 마케팅을 잘해도 발표를 못하면 쓸모가 없다고 해서 스피치도 연마했다. 그 외에도 여러 분야에 도전했고 잠

잘 시간을 줄여가며 열과 성을 다했다.

하지만 결과는 참담했다. 공부를 했기에 익힌 건 사실이지만 이력서에 쓸 수 있을 만한 어떠한 결과물이 없었다. 어느 분야든 평균은 했지만 뛰어나지는 못했던 것이다. 할 줄 아는 것은 맞지만 정작 취업을 준비할 때 서류에 쓸 수 있는 게 얼마 되지 않는다는 사실이 꽤 절망적이었다. 잠자는 시간과 밥 먹는 시간까지 줄여가며 노력했는데 결과가 없으니 꽤나 암담했다.

당시에는 그 시간들이 다 의미 없다고 생각했었다. 결과가 없으면 아무도 알아주지 않을 테니까. 나의 노력을 증명할 수가 없을 테니까. 하지만 잘못된 생각이었다. 몇 년의 시간이 흐르고 나니 조금씩 공부했던 지식들이 곳곳에 쓰였고 내가 하고 싶은 일들의 밑거름이 되었다. 내가 공부했던 것들이 당시에는 상을 받지 못했지만 결국 나중에 다른 결과물로 나타났고, 그것이 나의 현재가 되었다.

。
이때까지는 계속 나무젓가락을 바르게 쪼개지 못했지만
열심히 연습을 하니 결국에는 잘 쪼개게 되었다.

서너 번 하다 말았으면
나는 정말 아무것도 아닌 사람으로 남았을 것이다.
하지만 실패를 하더라도
다음에 잘하자는 생각으로 꿋꿋하게 젓가락을 집었고,
나무젓가락이 모나면 모난 대로 참고 견디며 젓가락질을 했다.
그러다 보니 환경이 잘 따라 주지 않는 상황에서도
잘 해낼 수 있는 끈기를 갖게 되었다.

어쩌면 당신도 나와 똑같은 순간을 보내고 있을지도 모르겠다.
나무젓가락을 쪼갤 때마다 엉성하게 쪼개져서
나무젓가락을 더 집어 들지 말지 고민스럽기도 할 것이다.
왜 나는 도전을 할 때마다 실패를 하는 건지
스스로를 깎아 내리며 자책할 때도 있을 것이다.

하지만 내가 확실하게 말할 수 있는 건,
그게 전부가 아니라는 것이다.
비뚤게 쪼개진 나무젓가락 하나하나가
마지막 결과는 아니다.
언젠가 당신에게 정말 좋은 기회가 왔을 때
그것을 잘 해내기 위해 연습하는 과정이다.

끝이 아니다.
지금도 충분히 잘하고 있다.

당신의 열심이 좋은 결과를 불러올 것이다.

오직 내 마음이 시키는 대로

시들지 않는 삶을
살고 싶다

나에게 주어진 시간이 있음에도
그 시간을 오롯이 즐기지 못했다.
꿈 많고 욕심 많던 아이가
먹고사는 고민에 바빠지기 시작하면서.

먹고사는 것에 급급해서 그랬을까. 거기에 필요한 숙제들만 열심히 해 왔다. 대학을 가고 토익 점수를 올리고 자격증을 따고 이력서에 채울 수 있는 다양한 활동을 하고…… 다른 길은 둘러보지도 않고 그렇게 먹고사는 데 도움이 될 만한 길을 충실히 걸어왔다.

사실, 그 삶이 전부라고 생각하며 살아왔다. 사람이 먹고사는 일만 충족되면 무엇이 더 필요하겠냐는 생각이었다. 하지만 먹고사는 것에만 수천 시간을 고민하다 보니 삶이 점점 시들어 갔다. 지금까지 지나온 시간보다 앞으로 살아갈 시간이 훨씬 더 많은데, 남은 시간도 먹고사는 고민에 집중할 것을 생각하니 더더욱 그랬다.

세상이 참 퍽퍽하게 느껴졌다. 여행을 한 번 가려고 해도, 즐거운 여행을 상상하기보다는 여행 가기 전에 미리 처리해야 할 업무들부터 떠올랐다. 여행을 가지 않으면 몰아서 일을 안 해도 될 텐데. 차라리 휴가를 가고 싶지 않아졌다.

그때 알았다.
퍽퍽해진 건 세상이 아니라 내 마음이었다는 것을.
변한 건 세상이 아니라 나였다는 것을.

나에게 주어진 시간이 있음에도 그 시간을 오롯이 즐기지 못하는 건 다름 아닌 나였다. 세상이 주지 않는 게 아니라 내가 나에게 주지 않았던 것이다.

먹고사는 고민만 하려고 내가 이 세상에 태어났던가. 그건 아니다. 나는 꿈이 많은 아이였고 이것저것 해 보고 싶은 것도 많은 아이였다. 하지만 나이가 들면서 세상이 정해 놓은 틀 안에 살다 보니 어쩔 수 없이 하나둘 포기했었다. 나는 처음부터 먹고사는 고민만 하지 않았다. 나는 그런 사람이 아니었다.

내가 이토록 퍽퍽해진 이유는 눈앞에 보이는 숙제들만 해결하면서 살아왔기 때문이었다. 먹고사는 고민만 하기 위해 태어난 존재가 아닌데 그 고민만 하니 당연히 삶이 퍽퍽해질 수밖에. 눈앞에 떨어진 문제들만 해결하면서 살자고 다짐했던 순간들이 오히려 나를 옭아매 갑갑하게 만들었다. 문제를 풀 때도, 심화 문제를 풀어야 학습 능력이 향상되는데 나는 늘 어렵게 가지 말자는 생각으로 기초 문제만 풀었다. 쉬운 숙제만 골라서 하다 보니 삶이 단조로워지고 무언가를 이루어 냈다는 성취감도 맛보지 못했다. 어려운 숙제가 와도 충분히 풀 수 있는데 나는 지레 겁먹고 쉬운 숙제만 골라서 했다. 내 잘못이었다.

。

나는 이제 눈앞에 보이는 문제들만 해결하려 들지 않을 것이다.
내 인생을 들여다보는 게 더 중요해졌기 때문이다.

내 인생을 들여다보는 건 어떠한 결과도 얻지 못할 수 있다.
겉으로 티가 나지 않아서 누군가 알아주지 않을 수도 있다.

하지만 그 속에는 시작과 끝이 있고
시작과 끝이 있다는 건 과정이 있었다는 의미이다.
아무것도 없었던 게 아니다.

나는 인생을 들여다보는 과정을 겪으면서
내가 이 세상에 왜 존재하는지 이유를 찾고 싶다.
나 한 사람을 위해 만들어진 길이 무엇인지 꼭 알고 싶다.

나로 태어났으니 나를 위한 삶을 살 것이다.
시들지 않는 삶을 살 것이다.

함부로
조언하는 것

모두 다 힘들 게 산다는 걸 안다.
하지만 모두가 힘들게 산다고 해서
나까지 힘들게 살아야 하는 건 아니다.
누가 더 힘들 게 사는지 견주고 싶지 않다.

스스로를 '어른'이라고 칭하는 사람들이 가장 저지르기 쉬운 실수
는 타인의 고통을 함부로 재단한다는 것이다. 살다 보면 누구나 다
겪는 일이고, 그 정도 아픔은 사회에서 아무것도 아니니 너무 심각
하게 받아들이지 말고 홀홀 넘기라고 한다. 마치 이제 막 덧셈과 뺄
셈을 배우고 있는 아이에게, 나는 벌써 곱셈과 나눗셈을 배웠고 곱
셈과 나눗셈보다 덧셈과 뺄셈이 훨씬 쉬우니 머리 싸매고 풀지 말
라는 조언 같다. 나도 잘 견뎌 냈으니 너도 잘 견뎌 내라는 말만큼

폭력적인 말이 어디 있을까.

당신과 나는 분명 다르고, 당신과 달리 나는 처음 겪는 일인데.

이미 어른이 된 사람에게는 다 지나간 일이겠지만, 나에게는 아직 머물러 있는 일이다. 나의 우주가 사라지지 않는 고민에 휩싸여 있다. 거기에 다 멈춰 있다. 그러니 쉬울 리가 없다. 애초에 쉬운 고민이라는 건 존재하지 않으니까. 그 정도는 아무것도 아니라는 듯이 반응하지 않았으면 좋겠다. 별일인지 아닌지는 내가 겪어 봐야 아는 것이다. 어른의 역할은 아직 어른이 되지 못한 아이에게 지혜를 나누는 것이지, 억지로 아이의 입 안 깊숙이 지혜를 집어넣는 것이 아니다.

좋은 어른은 아이가 스스로 선택하게 만든다. 하나의 선택지를 주고 그게 정답이라며 선택을 강요하는 게 아니라 여러 개의 선택지를 주고 기다린다. 그리고 선택이 맞다, 틀렸다 채점하지 않는다. 이 문제에는 정답이 없다는 걸 알기 때문이다. 설령 그게 누가 봐도 틀린 답이라고 해도 그 아이가 노력해서 틀린 답을 맞는 답으로 만들면, 그 또한 정답이라고 존중해 준다.

。

타인에게 고민을 털어 놓는 건
그 사람에게 정답을 듣고 싶어서가 아니다.
황무지에 떠도는 이 답답한 마음을
그저 내려놓고 싶어서다.

너무 무거워서,
나 혼자 짊어지고 있기엔 너무 버거워서
잠깐 바닥에 내려놓고 싶을 뿐이다.

그런 사람에게
나는 너보다 훨씬 무거운 짐을 지고 있으니
너의 짐은 무거운 축에도 못 낀다고 말하지 마라.

누가 더 무거운 짐을 지고 있나 견주고 싶은 게 아니라
그저 다 내려놓고 쉬고 싶은 것뿐이니까.

우는
어른

"네가 최선을 다한 건 나도 안다.
상황이 이렇게 되어서 나도 가슴이 아프다.
누구의 잘못도, 누구의 탓도 아니다.
어쩔 수 없는 사정들이 모여
우리가 함께할 수 없는 것뿐이다.
그러니 자책하지도, 포기하지도 마라."

내가 바란 건 따스한 한마디였다.
하지만 사회는 꽤 냉담했다.

때로는 빨간색만
때로는 불합격이라는 세 글자만
때로는 사직원이라는 종이 한 장만
내 눈앞에 들이밀 뿐이다.

내가 목표했던 곳과 멀어져서
마음이 아픈 게 아니라,
그 목표를 위해 달려왔던 나의 진심이
간단한 절차만으로 거절당했다는 게
마음 아팠을 뿐이다.

나는 간절했으니까.

추스르는 건 모두 내 몫이다.
이유조차 듣지 못해도 수긍해야 한다.
현실을 부정해 봤자 달라지는 건 없기 때문이다.

빨리 훌훌 털고 일어나야
한 번이라도 더 기회를 잡을 수 있다.
우는 아이에게는 떡이라도 하나 더 주지만,

우는 어른에게는 관심조차 주지 않는다.

오직 내 마음이 시키는 대로

문득 주저앉고 싶어지는 순간

나는 매일
잘되고 있다 _____

너는 지금
잘하고 있다고

누군가 나에게 말해 주면 좋겠다.

너는 지금 잘하고 있다고.
조금 더 괜찮은 삶이 찾아올 거라고.

내가 열심히, 악착 같이 사는 이유는 큰 명예나 부를 얻고 싶어서가
아니었다. 그저 지금보다 조금 더 나은 삶을 살고 싶어서였다. 지금
서 있는 계단보다 수백, 수천 개의 계단을 뛰어넘기를 바라는 게 아
니라 그저 서너 계단 정도만 올라서길 바라서였다.

그런데 요즘은 그게 욕심이었나 싶다. 서너 계단은커녕 한 계단
오르는 것조차 버겁게 느껴진다. 아무리 열심히 해도, 아무리 악착

같이 살아도 나아지는 게 없다. 먹을 거, 입을 거 아끼고 여행 가고 싶은 거, 놀고 싶은 거 참아가며 일했는데, 내 삶은 달라진 게 없다. 20년도 넘은 낡은 빌라에 여전히 살고 있다. 오가는 차비도 부담스러워 부모님 얼굴 한 번 제대로 찾아뵙기가 어렵다.

　이제는 조금 쉬고 싶다. 지금까지 버티고 버티고 또 버텼는데, 안간힘으로 버텨도 크게 나아지는 게 없다면 굳이 억척스럽게 살 필요가 있을까. 가끔은 무너지기도 하고, 주저앉아 버리기도 하고, 넘어지기도 하면서 주변 풍경도 좀 둘러보면서. 그냥 그렇게.

　나는 지금 잘하고 있는 걸까.

　조금 더 괜찮은 삶이 나에게 찾아오기는 하는 걸까. 행복하려고 노력하는 건데, 노력하면 할수록 행복이 멀어지는 것만 같다. 열심히 한 만큼 성장한다고 해서 노력하지만, 그게 아니면 어떡하나 불안하다. 한 계단 올라가기 위해 노력하면서도, 늘 이렇게 제자리에 머물까 봐 두렵다.

。
쉼이 필요하다. 숨이 가쁘다.
호흡이 힘들어도 멈추지 않고 달렸던 것은
조금 더 괜찮은 삶을 바라서였는데,
나에게는 너무 큰 욕심이었을까.

누군가가 아니라고 말해 줬으면 좋겠다.
절대로 욕심이 아니라고.
그건 욕심이 아니라 '희망'이라 부르는 거라고.

너는 지금 잘하고 있다고.

그럼에도
불구하고

행복의 문은 내가 열어야 한다.
다른 사람이 대신 열어 줄 수 없다.
누군가 문 앞까지 데려다줄 수는 있어도
문고리를 잡고 돌리는 건 나 스스로 해야 하는 일이다.
그래서 행복의 문은 오로지 나만 열 수 있다.

나는 나 혼자서도 충분히 일어날 수 있다.
누군가가 나를 듬뿍 사랑해 주지 않아도
다른 사람들이 부러워할 만한 것을 가지고 있지 않아도
내가 가야 하는 길을 꿋꿋하게 갈 것이다.
다른 것에 기대지 않고도 나는 나다울 수 있다.

실패하거나 무너질 수 있다.
하는 일이 잘 풀리지 않을 수도 있다.
원하는 것을 갖지 못할 수도 있다.
항상 좋은 일만 일어날 수 없다는 것을 안다.
나에게 불행이 찾아올 수 있음을 인정한다.
그렇기에 나는 스스로 존재할 수 있다.
그 어떤 사실도 나를 흔들 수 없기 때문이다.

'그럼에도 불구하고'의 힘을 믿는다.

그럼에도 불구하고 나는 웃을 수 있으며
그럼에도 불구하고 나는 앞으로 나아갈 것이다.

● 나는 매일 잘되고 있다

어떤 상황에서도 나는
행복의 문을 열 수 있다.

벽을 넘고 나서야
깨달았다

벽을 뛰어넘기 위해선 내 전부를 쏟아야 한다.
편법만으로는 벽을 넘지 못한다.

최선을 다해야 한다.
몸이 으스러지도록 노력해야 한다.

도저히 뛰어넘을 수 없을 만큼 높은 벽이 내 앞을 가로막은 적이 있었다. 굳이 그 벽을 넘지 않아도 내 삶에 큰 영향을 주지 않는데도 벽 너머의 세상이 궁금했다. 뭔가 서운한 마음도 들었다. 같은 세상에 태어났는데 나는 풍경조차 감상할 수 없다는 게 억울했다. 벽 너머에 무엇이 있든 내가 갖지 못해도 괜찮으니 구경이라도 하고 싶었다.

내 앞에 놓인 벽은 높고 두꺼웠다. 처음에는 맨손으로 두드리기 시작했다. 주먹으로 쳐 보기도 하고, 손날로 쳐 보기도 했다. 벽은 멀쩡했다. 내 손만 피투성이가 될 뿐. 그래서 도구를 찾기 시작했다. 큰 돌덩이를 집어 벽에 던져 보기도 하고, 나뭇가지를 엮어 막대를 만든 후 때려 보기도 했다. 벽은 여전히 단단하고 높았다. 그때 느꼈다. 이 벽은 힘으로 부술 수 있는 존재가 아니라는 것을. 그래도 포기하지 않았다. 그 다음은 머리를 써 보기로 했다. 벽에 갈라진 부분은 없는지, 빈틈은 없는지 세밀하게 관찰했다. 하지만 생각보다 벽은 견고했다. 어디 하나 갈라진 틈새가 보이지 않았다. 약점이 없는 벽, 무서운 상대였다.

처음에는 좌절했다. 내가 넘을 수 있는 벽이 아니라는 생각에 사로잡혔다. 이 벽은 사실 있으나 없으나 상관없는데, 나에게 좌절을 안겨 주기 위해 만들어진 벽처럼 느껴졌다. 억울하고 분했다. 벽 넘기를 포기하고 툴툴거리며 집으로 돌아가려는데, 우리 집을 둘러싸고 있는 벽돌들이 보였다.

'그래, 저 벽돌로 계단을 만들어 보는 거야!'

나는 우리 집을 해체하기 시작했다. 맨 위에 있는 벽돌부터 내려 벽 앞에 차곡차곡 쌓았다. 왔다 갔다를 수십 번 했을까. 여전히 끝날 기미가 보이지 않았다. 벽을 넘으려면 더 많은 돌들이 필요했다. 계단 모양으로 쌓아야 하니 돌이 훨씬 많이 들었다. 집에 있는 벽돌을 다 쓰고도 부족했다. 그래서 나는 온 마을을 헤집으며 평평한 돌을 찾기 시작했다. 강가에 들어가 물속에 있는 돌을 꺼내고, 땅을 파서 묻혀 있던 돌을 꺼냈다. 내 집을 부수고, 내가 살던 마을의 돌까지 모아서야 돌계단이 벽 끝에 닿았다. 결국 나는 벽을 넘어설 수 있게 되었다.

　　따뜻한 눈물이 흘렀다. 넘지 못할 것 같던 벽을 넘었다는 사실보다 벽을 넘기 위해 계단을 만들었던 내 노력이 너무 감격스러워서 눈물이 났다. 그리고 깨달았다. 벽을 뛰어넘으려면 내 전부를 쏟아야 한다는 것을. 나 혼자의 힘으로 부족하면 주변에 있는 것에 눈을 돌려 도움을 받아야 하고, 설렁설렁 하거나 편법을 쓰는 것만으로는 벽을 넘지 못한다는 것을.

。

막막할 정도로 높고 두껍고 반듯한 벽은
나에게 좌절을 가르쳐 주기 위해 놓여 있는 게 아니라
벽 바깥의 험난한 세상에서 내가 버틸 수 있는지
확인하기 위한 존재였다는 것을,

나는 벽을 넘고 나서야 깨달았다.

좋아 보이는 것의
이면

어떤 것이 좋아 보인다고 해서
무작정 좇으면 안 된다.

어떤 것이 좋아 보이기까지
많은 사람의 피땀이 흘렀을 테니까.

어린이집을 다닐 때부터, 아니 어쩌면 그 전부터 스케치북에 그림을 그릴 때면 꽃과 나비를 자주 그렸다. 나비는 노란색과 주황색, 꽃은 빨간색과 분홍색으로. 색을 겹쳐 쓰는 걸 싫어하던 내가 노란색과 빨간색을 쓸 정도면 그림 안에서 꽤 비중이 있다는 의미이기도 했다. 그만큼 어릴 적 나에게 꽃과 나비는 예쁘고 아름다운 것이었다.

하루는 호수공원의 벤치에 앉아 있는데 나비 한 마리가 날아와 내 가방 위에 앉았다. 흰색 같기도 하고, 상아색 같기도 한 날개를 지닌 나비였다. 나는 그 아이를 보자마자 질겁했지만, 나비는 그런 나를 본체만체했고, 내 가방 위에서 떨어질 생각이 없어 보였다. 나를 겁내지 않는 나비가 당돌하니 귀여웠다. 그래서 나는 그 아이와 친해져 보기로 했다. 가까이 가려고 무릎을 살짝 굽혀 가방을 위로 올렸는데, 이게 웬걸, 나비의 모습이 상상과 다르게 너무 징그러웠다. 보드랍게만 보이던 날개에는 하얀 줄이 가득했고, 안테나처럼 뻗어 있는 더듬이는 내 살에 닿으면 안 좋은 기운을 전파할 것만 같았다. 가장 충격적이었던 건 나비의 눈과 다리였다. 파리의 눈을 연상시키는 도트 무늬의 눈이었다. 파리의 눈은 검은색이라 잘 안 보이기라도 하지, 나비는 그 모양새가 도드라졌다. 게다가 다리는 잠자리 같기도 하고 거미 같기도 했다.

꽃도 마찬가지였다. 꽃 축제를 즐기러 박람회에 간 적이 있었다. 꽃들이 열을 맞추어 나를 반겨 주었다. 꽃들이 열 맞추어 배열된 덕에 꽃 모양과 색이 잘 드러나 조화를 이루고 있었다. 축제에 간 흔적을 남기기 위해 사진을 찍으려 하는데 꽃을 클로즈업한 순간, 나는 그 형상에 적지 않은 충격을 받았다. 꽃 안쪽에 거무튀튀한 모양이 있어 꼭 암세포를 연상케 했고, 암술인지 수술인지 모를 형체는 융털 같은 겉면에 꽈리를 틀고 있었다. 이름 모를 꽃들이 여럿 있었지만, 멀리서 볼 땐 예뻤는데 가까이서 보니 무늬와 결이 징그러웠다.

어렸을 때부터 아름다운 것이라고 학습받은 꽃과 나비도 이 정도인데, 삶의 터전에 있는 것들은 아마 더 많은 이면들이 있을 것이다.

。

끝없는 야근이 회사를 잘 돌아가게 만들고
끝없는 자기 관리가 인기를 유지하게 만들고
끝없는 퇴고가 책 한 권을 탄생시키는 것처럼,

좋아 보이는 것을 함부로 좇으면 안 된다.

좋아 보이기 위해 한 사람이
얼마나 많은 피땀을 흘렸는지 알기 전까지는.

힘들지 않다는
말의 의미

하나도 힘들지 않다는 말은
사실, 너무 힘들다는 말과 같다.

그냥 훌훌 털고 넘길 수 있는 정도의 힘듦이면
앓는 소리라도 내며 다른 이에게 의지할 텐데
너무 힘들면 누군가에게 기대려다가
중심을 잃고 넘어질 것만 같아서
내 속마음을 꽁꽁 숨기게 된다.

그냥 가야만 하는 때가 있다.
아무리 험난하고 외로운 길이라도
흘러가는 시간에 내 몸을 맡기며
이 아픔이 어서 지나가기를
묵묵히 기다려야만 하는 때가 있다.

앞으로 나아가고 싶지만 나아갈 수 없고
뒤로 물러서고 싶지만 물러설 수 없는 상황에서
그 자리에 가만히 있는 게
얼마나 숨 막히는 일인지 알고 있을까.

내 상황을 잘 알지도 못하면서
나에게 함부로 조언하는 사람들이 밉다.
나는 단 한 번도 그들에게 지혜를 구한 적이 없는데
마치 자기가 더 잘 안다는 듯이 입꼬리를 움직일 때면
이 세상에서 가장 험한 말로 내 기분을 표현하고 싶어진다.

답을 몰라서 답답할 때도 있지만
답을 알아서 답답할 때도 있다.
답이 없어서 답답할 때도 있지만
답이 있어서 답답할 때도 있다.

그런 답답한 인생을 살고 있는 내가
속이 미어터지기 직전이라는 건 알고 있을까.

아니다. 차라리 몰랐으면 좋겠다.

내가 깊은 암흑 속을 걷고 있다는 것을
아무도 몰랐으면 좋겠다.
흔들리는 모습을, 이 약한 모습을
아무에게도 보이고 싶지 않다.

나는 씩씩하게 잘 견뎌 낼 거니까.
좋은 날이 곧 올 테니까.

괜찮지 않아도
괜찮다

모든 일에 괜찮은 사람은 없다.

조금 더 괜찮은 사람과
조금 덜 괜찮은 사람이 존재할 뿐이다.

시련이 찾아왔을 때 괜찮지 않은데도 괜찮은 척하는 사람이 있다.
나도 그런 사람 중 하나다. 괜찮은 척하는 데는 많은 이유가 있겠지
만, 내 경우에는 시련 앞에서도 '그럼에도 불구하고' 괜찮을 수 있는
사람이 되고 싶어서였다. 모든 시련 앞에 의연할 수 있어야 그릇이
넓은 사람이 되는 줄 알았고, 그릇이 넓은 사람이 되어야 내가 원하
는 이상향에 도달할 수 있을 거라 믿었다. 그래서 마음이 찢어질 듯
아파도 그렇지 않은 척했다.

하지만 그건 정답이 아니었다. 괜찮지 않으면서 괜찮은 척하는 태도는 내 마음을 옭아맸다. 겉으로는 웃고 있으면서 속으로는 울었다. 먹기 싫은 음식을 꾸역꾸역 삼키는 기분이었다.

이대로는 안 되겠다는 생각이 들었다. 그릇이 넓어지기는커녕 도리어 좁아졌다. 작은 일에도 신경질이 나고, 그냥 넘어갈 수 있는 일에도 화가 났다. 그때부터 나는 내가 짜증났던 일, 화났던 일, 속상했던 일, 우울했던 일 등 부정적인 감정을 불러일으켰던 일을 메모하기 시작했다. 그리고 내용을 쭉 나열한 뒤, 별것 아닌 일과 별일을 구분했다. 다시 말하면, 좀 부정적이어도 되는 일과 굳이 부정적이지 않아도 되는 일을 나눈 것이다.

그 과정에서 깨달았다. 나는 괜찮지 않아도 되는 일을 괜찮다 여기며 넘어가고 있었다는 것을. 홀홀 털어 내지 못한 채 마음속에 담아 두고 있다는 것을.

그때부터 나는 내 감정에 조금 더 솔직해지기로 했다. 괜찮지 않으면 괜찮지 않다고 생각하는 것. 물론 그것을 겉으로 표현하느냐 표현하지 않느냐는 상황에 따라서 다르지만, 나 스스로가 이 일은 괜찮지 않아도 되는 일이라고 인정하는 것이다. '참 잘했어요' 도장이 아니라 '괜찮지 않아도 괜찮아요' 도장을 쾅 찍어 주는 것이다. 자연스럽게 일어나는 감정을 받아들이니 오히려 내 마음은 평온해졌다. 안에 있는 것을 제때 배출하니 탈이 나지 않았다.

모든 일에 괜찮을 수 있는 사람은 없다.

마음의 문은 여러 개가 있다. 어떤 문은 작게 노크만 해도 불안에 떠는 반면, 어떤 문은 누가 도끼로 때려 부숴도 웃으며 반겨 주기도 한다. 그러니 모든 일에 괜찮지 않아도 된다. 모든 일에 괜찮을 수가 없다. 그건 불가능하다. 대신 우리가 할 수 있는 건, 이미 일어난 일만큼은 후회를 남기지 않는 것이다. 괜찮지 않았던 일에 대해 후회하는 것이 아니라 왜 그랬는지 되돌아보며 반성하고, 똑같이 되풀이하지 않으면 된다.

나는 매일 잘되고 있다

。
안 괜찮으면 안 괜찮아도 된다.
안 괜찮은데 굳이 괜찮아야 할 필요는 없다.

안 괜찮은 것 또한 내가 넘어야 할 산이라고 생각하면 된다.
비록 그 산이 태산이라도 내 마음에 솔직할 수 있다면
꿋꿋하고 우직하게 올라설 수 있을 것이다.

종료가 아닌
다시 시작

리셋 버튼을 누르는 걸 두려워하지 말자.
아예 끝내는 게 아니라 다시 시작하는 것뿐이니까.

끝나지 않았으니 실패한 것도 아니다.
마음을 다잡고 다시 시작해 보자.

어떤 길을 선택하고 그 길에 접어들었을 때, 문득 이 길은 왠지 잘못 들었다는 불길한 예감이 들 때가 있다. 접어든 지 얼마 안 됐다면 발을 떼고 돌아설 텐데, 내가 들인 시간과 노력이 적지 않아서 돌아서기가 애매한 경우가 있다. 그 순간 본능적으로 떠오르는 단어는 바로 '본전'이다. 내가 이 길을 걷기 위해 쓴 시간과 노력, 정성을 봤을 때 뭐라도 얻어야 하는 게 아닐까 하는 생각이 드는 것이다. 그래서 아닌 걸 알면서도 계속 앞으로 나아간다.

손익분기점에 도달하기 위해서.

하지만 생각해 보면, 아니라는 것을 알았을 때 돌아가는 것이 손해를 최소한으로 줄일 수 있는 방법이다. 잘못된 길에 돈과 시간과 노력을 쏟는 셈이니까. 안 되는 걸 붙잡고 있는 건 썩은 동아줄을 타고 하늘로 올라가는 것과 마찬가지다. 이 사실을 알면서도 나의 가치를 쏟아 붓는 이유는 '포기'하는 게 쉽지 않기 때문이다. 우리는 종종 이런 말을 듣는다.

"포기하면 쉬워."

하지만 그 포기조차 쉽지 않아서 끙끙대는 사람이 많다는 게 문제다. 나도 마찬가지다. 도전을 하기 위해 용기가 필요하듯 포기를 하기 위해서도 용기가 필요하다. 어쩌면 새로운 도전을 하는 것보다 하던 일을 중간에 포기하는 것이 더 큰 용기를 필요로 하기도 한다. 지금까지 해 온 것을 두고 돌아서야 하니까.

우리가 꼭 알아야 하는 건, 하던 일을 그만두고 돌아선다고 해서 인생이 끝나는 게 아니라는 것이다. 그 길을 접어들기 이전으로 돌아가서 다시 시작하는 것이다. 물론 아까울 수 있다. 그동안 공들였던 모든 것을 놓기가 힘들 수 있다. 왠지 시간 낭비한 것 같고, 그 시간에 다른 일을 하고 있던 사람들에 비해 뒤처지는 기분이 들 것이다. 사실, 그것도 맞다. 똑같이 주어진 시간에 아무런 성과를 내지 못했으니 말이다. 하지만 어쩌겠는가. 어린 날의 내 선택을 반성하는 수밖에.

후회도 하고 반성도 하고 자책도 하고, 그러면서 사는 것이다. 어떻게 인생이 완벽할 수 있을까. 그러니 혼란스러운 마음을 다잡고 최대한 빨리 시작점으로 돌아가 되돌리기 위한 노력을 해야 한다. 되돌리지 못할 거라는 생각은 잠시 접어도 좋다. 되돌릴 수 있을지 없을지는 그 누구도 예측할 수 없다. 아닌 것 같은 길에 접어들 때도 아닐 줄 모르고 접어든 것 아닌가. 잘못되었다는 걸 알았다면 다시 바로잡으면 된다. 내 선택이 잘못되었다는 사실을 인정하는 걸 두려워하지 말고, 다시 바로잡는 과정도 꺼려하지 말자. 종료 버튼을 누르는 게 아니라 리셋 버튼을 누르는 거니까.

。

머뭇거리지 말고 리셋 버튼을 눌러라.

절대 한심한 행동이 아니다.

다시 시작하기 위해 용기를 내는 것이다.

지금 당장은 절망적일지 모르지만

가슴을 두근거리게 만드는 기회는 또 찾아온다.

길을 선택하기 전으로 돌아가

다시 시작해 보자.

아직 끝나지 않았다.

순간순간의
행복

살면서 내가 놓친 건
순간순간의 행복이었다.

잘되든 잘 안되든 매 순간을 즐겨야 했는데
부정의 늪에서 헤매느라 그러지 못했다.

늘 부정적인 사람이었다. 약간의 변명을 하자면, 온화한 가정에서
태어나지 못했고 넉넉한 환경 속에서 자라지 못해 긍정적이려 해
도 긍정적이기 어려웠다. 늘 걱정해야 했고, 늘 참아야 했고 늘 이해
해야 했으니까. 무엇 하나 내가 원하는 대로 할 수 없었다. 뭐라도
해 보려고 하면 다 돈 드는 일이라서 '하고자 하는 마음'은 애초에
접어야 했다. 그래서 해 보겠다는 마음을 품기도 전에 안될 거라는
생각부터 했다. 그런 생각이 하나둘 모여 습관이 되었고 깊숙이 자

리 잡힌 습관이 성격을 부정적으로 만들었다. 그래서 나는 늘 부정적인 사람이었다.

　내 이런 성격을 나쁘다고 생각해 본 적은 없었다. 세상에 긍정적인 사람이 있으면 부정적인 사람도 있고, 남에게 피해 주지 않는다면 내가 사는 방식대로 살아도 문제없다고 생각했기 때문이다. 그리고 부정적인 성격은 나를 '강철 멘탈'로 만들어 주기도 했다. 나는 항상 최악의 경우를 상상하기에 아무리 안 좋은 상황이 생겨도 나름 의연한 마음으로 대처할 수 있었다. 그래서 이 성격을 딱히 고쳐야 하는 나쁜 성격이라 생각하지 못했다. 하지만 나이가 드니 매 순간 부정적으로 살아가기에 삶이 조금 아깝다는 마음이 들었다.

　옷을 사러 가도 이왕이면 예쁜 옷을 사고 음식을 먹어도 이왕이면 맛있는 음식을 먹는데, 이왕 사는 인생인데 어둡게 사는 것보다 밝게 사는 게 좋을 거 같았다. 긍정적으로 생각하나 부정적으로 생각하나 어차피 상황은 흘러갈 대로 흘러가 버리는데, 굳이 그 시간을 어두컴컴하게 보낼 필요는 없었다. 부정적으로 시간을 보내는 게 나쁜 것도 아니고 잘못된 것도 아니고 안 좋은 것도 아니고, 그저 아까웠다. 유한한 인생을 무한한 것처럼 살아왔던 장면들이 참 아까웠다.

○
지금까지 내가 놓친 것은 기회라고 생각했다.
그런데 내가 진짜로 놓친 것은
순간순간의 행복이었다.

잘되든 잘 안되든 그 순간을 즐기며
아홉 살의 나를, 열아홉 살의 나를, 현재의 나를,
다시는 돌아오지 않는 나를 기억해야 했는데
힘들게 보낸 시기를 떠올리고 싶지 않아서
어떻게든 지우려고만 했다.

그래서 결국 가진 건 많지만
그걸 모르는 사람이 되어 버렸다.

살면서 내가 놓친 건
돈도 아니고, 시간도 아니고, 기회도 아니고
순간순간의 행복이었다.

그 행복의 순간이 모여
더 큰 행복이 될 수도 있었는데
나는 늘 어둡게 보냈다.

그래서 참 아깝다.
내가 놓친 순간순간의 행복들이.

나는 매일 잘되고 있다

마음을 빛내는
방법

고맙다고 말하는 것을 당신의 습관으로 만든다면
많은 사람의 기분을 즐겁게 해 줄 수 있다.

음식점을 나설 때나 편의점에서 물건을 살 때,
누군가의 도움을 받았을 때나
누군가가 친절한 모습을 보여 줄 때,

고맙다는 말 한마디를 건네면
듣는 사람의 마음도 밝아진다.

내 마음을 전하는 일은 생각보다 쉬운데
사람들은 부끄럽다는 이유로 잘 표현하지 않는다.

고맙다는 말이 가진 힘은 크다.

이 세상 전부를 바꾸진 못해도
한 사람의 세상은 바꿀 수 있다.

오늘 하루 지쳤을 누군가에게는
고맙다는 한마디가 큰 행복이 되고
하루 종일 세상에 시달린 누군가에게는
고맙다는 한마디가 큰 위로가 된다.

당신이 건넨 가벼운 한마디가
그 사람의 하루를 바꿀 수 있다.

고마운 사람에게 고맙다고 말하는 것만으로도
당신의 마음이 빛날 수 있다.

사실 정말
듣고 싶은 말

인생이 늘 그렇진 않을 거예요.
너무 행복해서 눈물 흘릴 날도 있을 거예요.

마음 다쳐가며 악바리로 버텼던 순간들이
훗날 큰 의미가 되어 줄 거예요.

인생에도 재미없는 시기가 있다더니 지금이 딱 그 시기인 것 같다.
뭘 해도 재미도 의미도 없다. 그냥 다 거기서 거기다. 이 또한 지나
간다고 하지만 지나간 것이 되돌아와 다시 나를 괴롭히기도 하고,
한 번 겪으면 좀 나아진다고 하지만 두 번째라고 해서 힘들지 않은
건 아니다. 인생이란 게 다 똑같고 별 볼 일 없다는 걸 알고 나니까
제자리걸음만 죽어라 하고 있는 것 같다. 안간힘을 쓰며 버텼던 순
간들이 억울하기도 하다. 다 부질없는 것처럼 느껴진다.

왜 그렇게 바득바득 살았을까.

또 하루가 끝나간다. 내일도 힘들겠지. 그래도 이 악물고 견디는 수밖에 없다. 견디는 것 말고는 내가 할 수 있는 게 없기 때문이다. 내 인생인데 나에게 선택권이 없다는 게 참 우습다. 하고 싶은 일보다는 해야 되는 일을 먼저 해야 한다. 내 마음보다 다른 것들을 먼저 선택하면서 사라진 나의 꿈들은 무엇이었을까. 해야 되는 일만 하다 보니 내가 하고 싶은 일이 무엇이었는지 기억이 안 난다. 나에게 즐거움을 주던 일들은 무엇이었지. 그래, 세월이 이렇게 흘렀구나 싶은 순간이다.

모든 흐름에는 기승전결이 있다. 인생도 마찬가지 아닐까. 지금이 '서론'이었으면 좋겠다. 잘되기 위해 다져지는 과정이라고 생각하면 그나마 희망이라도 있으니 버틸 수 있을 것 같다. 찰흙으로 컵을 만들어도 두드리고 굴리고 누르고 잘라 내는데, 하물며 사람의 인생을 만드는 과정은 더 쉽지 않을 테니까. 사실, 이대로 내 인생이 '결론'이 되어 영영 끝나 버리는 건 아닐까 두렵다. 이 불행이 내 인생의 마지막이면 그동안의 눈물이 부정당하는 것 같으니까. 나는 나를 부정하고 싶지 않다. 슬픈 결말이고 싶지 않다.

。
누군가 나를 붙잡고 말해 주면 좋겠다.

인생이 늘 그렇진 않을 거라고.
너무 행복해서 눈물 흘릴 날도 있을 거라고.
마음을 다쳐 가며 악바리로 버텼던 순간들이
언젠가 큰 의미가 되어 줄 거라고.

나는 실패할 수 있다

어떠한 현실이 다가오더라도
나는 그것에 흔들리지 않을 것이다.

성공과 실패에 연연하지 않는
우직한 내가 될 것이다.

동화《미운 오리 새끼》에서 미운 오리는 어릴 적부터 자신이 오리
인 줄 알고 살다가 다른 오리들의 괴롭힘에 못 이겨 어쩔 수 없이 떠
난다. 그러다 우연히 호수에 비친 자신의 모습을 보고, 자신이 백조
였음을 알게 된다. 그 후, 미운 오리 새끼는 더 이상 미운 오리가 아
닌 백조로 살아간다. 하지만 우리의 인생은 동화가 아니기에 현실
은 다르다. 모든 일이 해피엔딩으로 끝날 수는 없다.

대부분 알면서도 애써 부정하고 싶은 것이 '나는 실패할 수 있다'는 사실이다. 조금 무리한 꿈을 꾸는 것 같아도 꿈은 꼭 이루어진다는 말을 믿고, 노력하면 이루어질 거라 생각한다. 긍정적인 마음가짐은 좋지만, 과도한 긍정은 현실을 바로 보는 능력을 잃어버리게 만든다. 시력이 나쁜 사람이 안경을 벗고 세상을 바라보는 것처럼 앞이 아예 안 보이는 건 아니지만 또렷하게 보이지도 않는다.

　나는 실패할 수 있다. 내가 노력한 만큼 결과가 나오지 않을 수도 있고, 오히려 노력하기 전보다 더 안 좋은 결과를 마주할 수도 있다. 무엇보다 나는 1등이 아니다. 나보다 실력이 뛰어난 사람들은 많고, 아마도 더 많아질 것이다. 또 나는 앞으로 더 발전하지 않을 수도 있다. 그저 지금 이 상태를 계속 유지할 수도 있고, 어쩌면 더 후퇴할 수도 있다. 나는 불행해질 수도 있다. 잘되는 날보다 안되는 날이 더 많을 수 있고, 웃는 날보다 우는 날이 더 많을 수도 있다. 또 남들에게는 다 따르는 행운이 나에게는 오지 않을 수도 있고, 나 혼자 세상에 덩그러니 남겨질 수도 있다.

　하지만 기억할 것은 만약 그것이 현실일지라도 내가 하고 있는 일을 포기해야 할 이유가 되지는 않는다는 점이다. 과도한 긍정으로 현실을 비약하기보다 어떤 상황이 내 앞에 닥쳐도 그것이 내 삶을 흔들 수 없도록 '우직한' 내가 되면 그만이다. 오리는 오리로 살고, 백조는 백조로 살면 된다. 자신의 존재를 동화 속 미운 오리로 설정할 필요는 없다. 백조가 아닌데 백조가 될 거라 꿈꾸고 살면 미래를 맞이했을 때 허무함이 찾아올 수 있다. 더 나은 삶을 꿈꾸지 말라는 의미가 아니다. 더 나아지고 싶으면 백조가 되기를 꿈꾸는 게 아니라 더 나은 오리가 되기를 꿈꾸라는 것이다.

우리는 다 같이 고생하며 산다. 하지만 누군가는 주목받고 누군가는 이름 석 자조차 기억되지 않는다. 마치 한 편의 영화처럼. 영화 관람객들은 화면에 나오는 주연과 조연의 얼굴을 기억하고, 감독과 작가의 이름을 기억한다. 하지만 영화 한 편을 찍기 위해 고생한 제작진과 단역 배우들은 영화에 참여했는지조차 모를 때도 있다. 심지어 엔딩 크레딧이 올라갈 때 그들의 이름은 너무 빨리 스쳐 나가서 읽기도 어렵다.

인생도 그런 것이다. 모든 사람이 스포트라이트를 받을 수는 없다.

내가 조명 받을 수 있으면 더할 나위 없이 좋겠지만 내가 누군가의 그림자가 될 수도 있다. 아무도 나의 노력을 알아주지 않을 수도 있고, 오히려 나의 노력을 비난할 수도 있다.

。
하지만 중요한 건,
그것이 현실일지라도
내 삶이 흔들릴 이유가 될 수 없다는 것이다.

내가 하고자 하는 일을 방해하도록
내버려 두지 않을 거니까.

다만 오늘이
아닐 뿐

나는 잘될 것이다.
다만 오늘이 아닐 뿐이다.

언젠가는 잘될 것이고
내 자리를 잡을 것이다.

관심과 애정이라며 툭툭 내뱉는 한마디, 한마디가 그렇게 원망스러울 수가 없다. 내 인생이 잘 안 풀리면 가장 답답할 사람은 나인데 왜 타인이 더 답답해 하려고 애쓰는지 모르겠다. 관심과 간섭의 차이를 구분하지 못하는 사람이 있다. 관심은 감사히 받겠지만 간섭은 단호히 거절할 것이다. 간섭 받아서 잘 풀릴 인생이었으면 진작 잘 되었을 것이다. 역술가에게 사주를 볼 때 비용을 지불하듯이 누군가의 인생에 간섭할 때 '간섭 비용'이라는 걸 내는 제도가 있으면

나는 매일 잘되고 있다

241

얼마나 좋을까.

　졸업을 안 하고 싶어서 안 하나. 어떤 분야로 갈지, 어디로 취직할지 결정은 하고 졸업을 해야 이력서에 빈틈이 안 생기지. 취직을 안 하고 싶어서 안 하나. 요즘 취업 문턱이 얼마나 높은지 문지방 한 번 밟기도 힘들다. 연애를 안 하고 싶어서 안 하나. 살기 바빠 죽겠고 밖에 나갔다 하면 돈 쓸 일뿐인데 하고 싶어도 못 한다. 여기에 결혼 얘기까지 더하면 쓰는 사람도, 읽는 사람도 속이 터지겠지. 안 하고 싶어서 안 하는 게 아닌데, 왜 안 하냐고 닦달하지 않았으면 좋겠다. 그건 관심이 아니라 간섭이다.

。
나는 아직 기다리는 중이다.

꽃 한 송이를 피워 내기 위해서도
오랜 시간과 정성이 필요한데
사람 인생을 피워 내는 건 오죽할까.

아무런 결론 없이 기다리기만 하는 것이
세상에서 가장 속 타는 일이다.
나는 지금 그걸 하고 있는 것이다.
열심히 속을 태우고 있다.

나는 잘될 것이다.
다만, 오늘이 아닐 뿐이다.

언젠가는 잘될 것이고
내 자리를 잡을 것이다.

행복하기를
바란다

나는 내가 행복하기를 바란다.
아주 많이 행복하기를 바란다.

누구나 행복하기를 바라지만
나는 특별히 행복하기를 바란다.

다른 이유는 없다.
나라서, 나니까, 나이기에
행복하기를 바란다.

행복을 비는 건 잘못이 아니니까.
행복은 너무나도 좋은 거니까.

이만큼 불행하게 지냈으면
좀 행복해질 때도 되었으니까.

오늘도 두 눈을 감으며
행복을 바라본다.

나는 내가 행복하기를 바란다.
어서 빨리 행복해지기를 바란다.

● 나는 매일 잘되고 있다

더 멀리
달아나는 것

지금 못한다고 해서
나중에도 못한다는 법은 없다.

열심히 준비하면 기회는 찾아온다.
너무 초조해하지 마라.

아주 어렸을 때부터 무엇을 직업으로 삼아야 할까 고민했었다. 초등학교에 들어갈 때부터 장래희망을 쓰는 칸을 채워야 했으니까. 사실 그때는 대단해 보이는 직업이 곧 장래희망이라고 생각했다. 종이에 적으면 다 되는 줄 알았고, 무엇이든 다 할 수 있다고 믿었던 나이니까. 하지만 직업은 내가 갖고 싶다고 가질 수 있는 게 아니었다. 때로는 우수한 성적이 필요했고, 때로는 경제적인 여유가 필요했고, 때로는 뛰어난 능력이 필요했다.

결국 내가 내린 결론은 꼭 한 가지만 꿈꿀 필요는 없다는 것이다. 한평생을 다 바칠 수 있는 직업은 드물기 때문이다. 40대 직장인들도 버티고 버티다가 이직을 준비하고, 10년 넘게 일한 분야가 아닌 다른 분야로 전업을 생각하기도 하니까. 또 내가 원해서 들어간 회사라도 막상 실무를 경험하고 이질감을 느끼면 방황하기도 한다. 그래서 어렵게 입사한 회사에서도 이직을 고민하거나 아예 다른 직업을 알아보는 경우도 생긴다. 직접 부딪쳐 보지 않으면 이 직업이 나와 맞는지 알 수 없으니 꼭 한 가지 일에만 매달릴 필요는 없다. 여러 가능성을 열어 두는 게 나쁜 건 아니니까.

내 마음을 불편하게 만들지 않는 일이 무엇인지 고민하는 게 최선의 방법이다. 직업을 가지고 일을 하는 건 생계와 관련된 만큼 꽤 중요한 문제이지만, 마음이 불편하면 버티기 어렵다. 돈을 많이 벌기를 원하는 사람은 돈을 적게 주는 곳이 불편할 테고, 체력이 약한 사람은 몸을 많이 써야 하는 곳이 불편할 것이다. 늘 새로운 것을 꿈꾸는 사람은 정적인 곳이 불편할 테고, 사람을 대하는 게 어려운 사람은 사람을 대하는 곳이 불편할 것이다. 이처럼 내가 편하게 있을 수 있는 곳과 그렇지 않은 곳을 구분하는 안목을 키워야 한다.

하고 싶은 일을 꼭 지금 당장 하지 않아도 된다. 그 일이 정말 내 길이라면 우연처럼 기회가 다시 찾아올 테니까. 하고 싶은 일을 접고 현실과 타협해야 한다면, 지금은 현실과 타협하고 나중을 기약해도 괜찮다. 지금 못한다고 해서 나중에도 못한다는 법은 없다. 다만 놓치지 말아야 할 것은, 기회를 기다리는 자세이다.

'언젠가 기회가 오겠지'라는 생각으로 시간을 마냥 흘려보내면 안 된다. 그냥저냥 살다 보면 기회도 그렇게 흘러가 버린다. 나에게 기회를 주는 사람들에게 내가 이 꿈을 얼마나 그리워했는지, 얼마나 최선을 다했는지, 얼마나 잘할 수 있는지 보여 줄 수 있을 만큼 준비가 된 상태여야 한다.

。

꿈이라는 건 꼭 20대에 이뤄야 하는 게 아니다.
50대가 되어서도 꿈을 이룰 수 있다.
지금 이루지 못한다고 해서 좌절할 필요는 없다.
나중에 이룰 것이기 때문이다.

꿈을 빨리 이루고 싶은 마음이 오히려 독이 될 수도 있다.
이것저것 해 보다가 안 되면 포기하고 싶어질 테니까.

누가 뒤에서 쫓아오지 않는다.
그렇다고 누군가를 앞질러야 하는 것도 아니다.
꿈은 오로지 나만의 꿈이다.
경쟁을 해야만 얻을 수 있는 게 아니다.

시간을 1년 단위로 보면 짧게 느껴지지만
10년 단위로 본다면 기회는 아직도 많이 남아 있다.

꿈은 초조해할수록 더 멀리 달아난다.

액자 밖으로
벗어나기

장미꽃 사이에 껴 있는 할미꽃이 된 것 같다.
햇빛 한 줌 받기 위해
고개를 바짝 들고 있는 꽃들 사이에서
나 혼자 고개를 푹 숙이며 땅만 바라보고 있다.

다들 무언가를 지향하며 행복하게 사는데, 나는 아무런 목표도 없이 무심하게 사는 것만 같다. 사실 무엇을 해야 하는지 잘 몰라서 목표를 세우지 못했고, 목표를 세우지 못해서 아무것도 안 하고 있는 것인데, 아무것도 안 하니까 행복하지 않은 것처럼 느껴지고, 행복하지 않으니까 어떤 것도 하고 싶지 않아진다. 도미노처럼 와르르 무너진 상태에서는 무엇을 해야 할지 모르겠다. 첫 블록부터 세우자니 앞이 막막하고, 누워 있는 블록을 쓸어 담자니 그러고 나서의 다른 대책이 없다.

　다르게 사는 법을 모르겠다. 지금 내 모습을 벗어나려면 어떻게 살아야 하는 걸까. 무엇이든 열심히 하라고 하지만 구체적으로 무엇을 열심히 해야 하는지도 모르겠고, 하나만 뛰어나게 잘하면 성공하니 한 우물만 파라고 하지만 어떤 우물을 파야 할지도 모르겠다. 지금의 내 상태는 0이다. 마이너스도 아니고 플러스도 아니고, 앞으로 가고 있는 것도 아니고 뒤로 가고 있는 것도 아니다. 그냥 0의 상태에서 시간만 보내고 있다. 가끔은 그런 생각도 한다. 차라리 아무거나 해서 실패라도 해 볼까. 실패도 경험이라는데 그런 경험이라도 해야 하는 거 아닌가. 0의 상태에서 가만히 서 있는 건 인생을 낭비하는 거 같았다.

　그래서 나는 정말 아무거나 해 보기로 했다. 큰 그림을 그리기보다 작은 목표를 세웠다. 그리고 너무 멀리 보지 않기로 했다. 몇 년 후의 계획을 짜기보다는 현재에 충실한 계획을 짜기로 했다. 또 목표에 아무런 의미를 두지 않기로 했다. 무조건 의미 있는 걸 해야 한다는 생각에 그동안 아무것도 시작하지 못했다. 어떠한 결실이 없

나는 매일 잘되고 있다

어도 되니 그냥 목표한 바를 이루어 보기로 했다. 그래서 나는 아주 사소하고 단기적인 것부터 시작했다.

그 후 내 삶에는 작은 변화들이 일어나기 시작했다. 가장 큰 변화는 마음가짐이었다. 인생은 나에게 주어진 대로 살 수밖에 없다고 생각했었다. 가정 환경, 경제적인 문제, 타고난 두뇌 등은 어쩔 수 없는 부분이기 때문에 그 안에서 만족하며 살아야 한다고 생각했다. 그동안 내가 왜 무기력하게 지냈는지 몰랐는데 거기에 원인이 있었던 것이다. 나에게 주어진 것들이 만족스럽지 않았는데 거기에 만족하며 살아야 한다는 생각이 내 마음을 굳어 버리게 만들었다. 하지만 내가 직접 목표를 세우고 목표를 하나씩 성공하며 살다 보니, 인생은 주어진 길로 가는 게 아니라 내가 길을 선택해서 가는 것이었다.

나는 벽에 걸린 한 폭의 그림이었다. 나를 감싸고 있는 액자 밖을 벗어나서도 안 되고 내가 걸려 있는 벽을 넘어서도 안 되는 줄 알았다. 틀이 나를 가두고 있다고 생각했었다. 그래서 그 틀을 벗어나지 못하고 있었는데, 사실은 내가 만든 틀에 맞추어 살고 있었던 것이다. 다르게 사는 법을 몰랐으니까. 나의 캔버스가 작다고 해서 그림까지 작을 필요는 없었다. 그림이 액자 밖으로 삐져나와도 되고, 물감이 벽을 타고 넘어가도 된다.

。

굳이 '어떤 삶'을 살아야 한다면
나는 행복한 삶을 살기로 했다.
꼭 무언가를 하지 않아도 크게 이룬 것이 없어도
행복한 삶이라고 믿으며 사는 삶을 살기로 했다.
내가 그리고 싶은 인생의 그림은
'어느 곳에서든 빛나기를'이라고 이름을 정했다.

어디에 있든 무엇을 하든
존재 자체만으로도 빛이 되고 싶다.
앞으로 내 인생은 어느 곳에서든 빛날 것이다.

내가 스스로 정한 인생이다.

내가 당신의
봄이 되어 줄게요

사람마다 봄이 오는 시기가 다르대요.
그러니 다른 사람과 비교하지 말아요.

봄이 안 오는 게 아니에요.
조금 늦게 오는 거예요.

겨울이 지나야 봄이 와요.
겨울이 있기에 봄도 있는 걸요.

그러니 겨울을 미워하지 말아요.

당신을 막아서는 찬바람에
무너지지 않았으면 좋겠어요.

붙잡고 있는 희망을 놓지 말아요.
내가 함께 잡아줄게요.

지금까지 잘해 왔으니
앞으로도 잘할 수 있어요.

캄캄한 현실이 두렵고 막막하겠지만
함께 걸으면 무섭지 않을 거예요.

내가 다가가서 봄이 되어 줄게요.
그러니 포기하지 말아요.

● 나는 매일 잘되고 있다

당신을 응원할게요.

당신이 생각하는 것보다
잘하고 있다

자신이 초라하게 느껴지는 건
당신이 아무것도 아닌 존재여서가 아니다.
더 넓은 곳으로 시선이 향해 있기에
스스로에게 부족함을 느끼는 것이다.

당신이 무언가 부족하다고 느끼는 이유는, 당신이 못나서가 아니라 조금 더 나은 사람이 되고 싶은 마음 때문이다. 당신의 능력이 부족한 게 아니라 당신이 바라보는 목표가 높아진 것뿐이다. 그건 참 멋진 일이다. 제자리에 머물면 편하고 쉽다. 하던 것만 하면 되니 크게 어렵지도 않다. 그러니 쉬운 길 대신 어려운 길을 가고자 한다는 건 꽤 용기 있는 선택이다. 부딪치고 넘어지며 깨질 수도 있으니까. 그런 위험을 감수하고 한 걸음 내딛는다는 건 정말로 멋있는 선택이다.

더 나은 사람이 되고자 노력하는 건 아무나 할 수 있는 게 아니다. 당신이 특별하기 때문에 '노력'하는 마음을 갖고 있는 것이다. 다들 노력하며 사는 것 같지만 노력하지 않는 사람도 많다.

당신은 아무것도 아닌 존재가 아니다. 자신을 위해서든 가족을 위해서든 연인을 위해서든 세상을 위해서, 무언가를 위해 노력하는 아주 매력적인 사람이다. 원하는 목표에 달성하지 못했다고 해서 당신의 존재가 부정당하는 건 아니다.

지금 당장 눈앞에 보이는 것들로 당신을 판단하지 않았으면 좋겠다. 시간은 기다려 주지 않으니 빨리 뛰어가야 한다고 다들 말하지만, 우직하게 기다려야만 이루어지는 일들도 분명히 있다. 컵라면조차 3분을 기다려야 면이 익는데 사람의 인생은 오죽할까. 배고픈 상태라서 덜 익은 면이라도 삼키고 싶겠지만 그러면 안 먹느니만 못할 수도 있다. 당신의 인생은 끓기 위해 100℃까지 올라가고 있다. 끓는점까지 조금만 더 기다리면 된다. 곧이다, 곧! 지금까지 노력한 것들이 선물처럼 안길 것이다.

그러니 걱정하지 마라. 잘하고 있다.

。
당신이 생각하는 것보다
당신은 훨씬 더 멋진 사람이다.
그러니 망설이지 않았으면 좋겠다.

무엇이든 잘 해낼 수는 없겠지만
무엇이든 잘 해내려고 노력하는 당신이니까.

일단 가자.
그 끝에 무엇이 있는지 아무도 모르지만
끝이라도 봐야 후련하지 않겠는가.
스스로에게 인색하지 않았으면 좋겠다.

당신은 생각보다 잘하고 있다.